SERIE DELLA MALEDIZIONE DEGLI IMMORTALI

Le Leggi del Sangue

Legami Proibiti

Cuore di Sangue

Legami di Sangue

Legami Angelici

Cercatore di Sangue

Fardello di Sangue

Legami Malvagi

Re di Sangue

 Gabriel non riusciva a smettere di baciare Clara.

Non riusciva a smettere di accarezzarla.

Non riusciva a smettere di abbandonarsi alle sensazioni che gli percorrevano il busto.

Maledizione.

Non aveva mai provato nulla di simile. Sentiva il corpo talmente teso che gli sembrava di poter esplodere senza nemmeno essere dentro di lei. Non aveva senso, eppure per la prima volta nella sua esistenza, Gabriel scelse di non cercare un rimedio pratico.

Al contrario, si lasciò andare alle sensazioni.

Caldo.

Dannatamente. caldo.

Strappò l'asciugamano dal corpo di Clara e ingoiò il suo grido di sorpresa. Le tenne le dita nei capelli e la strinse a sé mentre la divorava con la bocca.

Il sesso non aveva mai avuto alcun valore per lui.

Eppure sarebbe morto, se avesse posto fine a tutto quello.

Tutti i principi e gli insegnamenti del passato gli inondarono la mente, cercò di riprendere una certa sanità mentale, ma riusciva a vedere solo Clara. Il seno nudo spinto contro di lui. L'esile colonna della gola, che trasudava sangue dalla ferita che lui aveva creato. I respiri rapidi e le labbra carnose.

La baciò di nuovo, più forte, la dominò con la lingua e gemette per i suoni deliziosi in risposta.

Tutti i decenni di vita da Seraphim impallidivano in confronto a quella passione. Quella sensazione. Quel violento bisogno di scopare.

Era ciò che gli era mancato in ogni incontro precedente, quel desiderio che lo faceva precipitare in una nuova realtà dell'essere.

Non c'era logica lì.

Nessun ragionamento.

Nessun editto.

Solo lussuria.

FARDELLO DI SANGUE

SERIE DELLA MALEDIZIONE DEGLI IMMORTALI

TRADUZIONE DALL'INGLESE
A CURA DI
WELL READ TRANSLATIONS

AUTRICE DI BESTSELLER PER USA TODAY

LEXI C. FOSS

Fardello di sangue

Modifica a cura di: Outthink Editing, LLC

Correzione dei testi da parte di: Katie Schmahl & Jean Bachen

Design della copertina: Manuela Serra

Fotografia di copertina: CJC Photography

Modelli: Keith Manecke II & Kristen Alyss

Pubblicato da: Ninja Newt Publishing, LLC

Traduzione dall'inglese di Well Read Translations

Edizione digitale

ISBN eBook: 978-1-68530-128-6

ISBN Stampa: 978-1-68530-129-3

FARDELLO DI SANGUE

SERIE DELLA MALEDIZIONE DEGLI IMMORTALI
LIBRO SETTE

FARDELLO DI SANGUE

Benvenuti nel mondo della Maledizione degli Immortali, dove angeli e vampiri esistono in segreto... per il momento.

Gabriel è un guerriero. Un Seraphim. Un essere immortale con astuti poteri e autorità. Ha sempre vissuto sotto una nuvola di stoicismo e praticità. Solo per farsi stravolgere l'esistenza a causa di *lei*.

Clara.

La strega che lo ha incantato con la sua empatia, un talento vampiresco che sta distruggendo la capacità di concentrazione del Seraphim.

Gabriel è deciso a rimediare al torto, anche se ciò significa uccidere Clara per ripristinare le proprie sensibilità mentali.

Tuttavia, non tutte le battaglie si combattono fisicamente.
Alcune richiedono il cuore.

Clara non è un avversario normale.
E sta per mettere Gabriel in ginocchio.

GLOSSARIO

ESSERI SOPRANNATURALI

Neonato (sostantivo): Il figlio di un maschio Ichoriano e di una donna umana, non è ancora rinato come Hydraiano; solitamente non hanno poteri soprannaturali o psichici fino alla loro rinascita immortale.

Hydraiano (sostantivo): Discendente immortale di un maschio Ichoriano e una donna umana, possiede due poteri soprannaturali o psichici e non ha bisogno di sangue umano per sopravvivere.

Ichoriano (sostantivo): Un essere immortale dalla discendenza sconosciuta che possiede un potere soprannaturale o psichico e necessita di sangue umano per sopravvivere.

Immortale (sostantivo): Sostantivo generale che definisce un essere che non invecchia ed è immune alla naturale morte umana.

Progenie (sostantivo): Termine che gli Ichoriani utilizzano per riferirsi a coloro che hanno creato attraverso il processo di trasformazione.

Seraphim (sostantivo): Un essere appartenente all'ordine più alto della gerarchia angelica.

PAROLE CHIAVE

Arcadia: Famoso bar per Ichoriani a New York, utilizzato anche come luogo di incontro primario per il governo Ichoriano.

Leggi del Sangue: Serie di ordinanze redatte dal consiglio amministrativo Ichoriano in risposta al Trattato del 1747.

Fondazione Assistenza Catastrofi (FAC): Organizzazione umanitaria con sede a New York, dotata di un'unità paramilitare segreta incaricata di annientare gli esseri soprannaturali ribelli e sovversivi.

Conclave: Il consiglio amministrativo Ichoriano.

Editto: Legge o Regolamento emanati dall'Alto Consiglio di Seraph.

Anziani: Gli Hydraiani originari, compongono il consiglio amministrativo Hydraiano.

Destinati: Seraphim in grado di prevedere il futuro.

Alto Consiglio di Seraph: Consiglio amministrativo dei Seraphim.

Nizari: Antichi assassini Ichoriani che cacciano e uccidono i Neonati.

Veleno Nizari: Sostanza verde nota per uccidere i Neonati e impedire la loro rinascita.

Sentinella: Soldato del FAC incaricato di massacrare e uccidere gli esseri immortali ribelli e sovversivi.

Trattato del 1747: Armistizio tra Hydraiani e Ichoriani che si impegnano a cessare il fuoco e vivere nelle rispettive aree delimitate. Coloro che decidono di oltrepassare suddetti limiti lo fanno a proprio rischio e pericolo.

Psst… Ti posso dire un segreto?

Cercatore di sangue avrebbe dovuto parlare di Gabriel e Clara. Ma la storia di Sethios richiedeva più pagine e la mia musa non riusciva a fermarsi. Ascolto sempre le voci, e in questo caso non si sbagliava.

Tuttavia, il fatto che Gabriel abbia continuato a intervenire per tutta la durata di *Cercatore di sangue* non mi ha per niente sorpresa, né mi ha scioccata quando ha detto: "Continueremo la mia storia ed esploreremo quello che è successo nella cella di Hydra, giusto?"

Nella mia mente questo mondo è incredibilmente vasto. Non saprei nemmeno dire quante strade percorro, solo per vedere cosa fanno tutti. Mi fanno compagnia da oltre dieci anni e le loro voci sono la mia casa.

Così ho pensato: perché non creare un angolino nel mondo della Maledizione degli Immortali in cui scrivere di alcuni di questi eventi? Non sono necessariamente punti chiave della trama che porta avanti la storia, ma sono scene importanti per lo sviluppo dei personaggi che vorrei davvero poter condividere e che tuttavia non si "incastrano" in nessuna delle sequenze principali.

Come il modo in cui Ezekiel ha incontrato Skye.

O cosa diavolo è successo tra Gabriel e Clara, quando lui è andato a trovarla a Hydria.

Fardello di sangue esplora quest'ultimo legame. Si svolge durante la fine di *Cercatore di sangue* e l'inizio di *Legami malvagi* e in un certo senso colma il divario tra i due. L'attenzione è tutta su Gabriel e Clara e ciò rende la storia molto incentrata sui personaggi.

È una piccola novella sexy.

Vedrete un lato molto diverso di Gabriel e imparerete di più su Clara.

Inoltre, introduce *Legami malvagi*.

Tutti punti a favore di *Fardello di sangue*.
Aspettati un gran divertimento.
Tutto approvato da Gabriel (beh, almeno per la maggior parte). ;)

Buona lettura <3
—Lexi

INTRODUZIONE DI GABRIEL

Mia sorella è più brava di me in queste cose, quindi, se non hai ancora letto la sua storia, ti consiglio di tornare indietro e cominciare da lì. Credo che l'abbia chiamato *Le leggi del sangue*, per via delle stupidità governative degli Ichoriani che ha creato Osiris. Lui l'ha fatto solo per imitare l'Alto Consiglio di Seraph.

Se non hai mai letto nessuna di queste parole, non avrai idea di cosa significa tutto il resto.

Bene, allora ricomincio.

Gli Ichoriani sono dei vampiri. Si lamentano di questa definizione, ma hanno bisogno di sangue umano per sopravvivere, quindi sono vampiri.

Osiris è un antico Seraphim (conosciuti anche come angeli) che è stato esiliato da quel mondo per motivi ancora attualmente in discussione. Ha affrontato l'esilio creando un esercito di umani resuscitati, che ora sono essenzialmente immortali. Questi esseri sono gli Ichoriani di cui ho parlato sopra.

Ci sono anche gli Hydraiani, che nascono quando un Ichoriano maschio ingravida una femmina umana. La prole è tecnicamente mortale, ma se viene uccisa, l'essere si risveglia immortale e con doppie abilità.

È tutta una questione di stirpi di sangue, di potere e una miriade di altri dettagli.

Comunque, ecco la mia storia in breve: sono un Seraphim guerriero. Ciò significa che eccello nella strategia e nell'uccidere. Tuttavia, negli ultimi tempi il mio scopo principale è stato quello di proteggere la mia sorellastra Stas e di prepararla per il futuro.

Una faccenda abbastanza normale, se non fosse che Stas è completamente ingrata e mi odia. È un percorso assolutamente poco pratico e distoglie l'attenzione dalla missione in corso.

Ho fatto del mio meglio con i destini che ci sono stati assegnati. Quando Stas avrà finito di sviluppare le ali, forse capirà.

O forse no.

È stato proprio questo il motivo per cui l'hanno cresciuta gli umani: per darle una lezione riguardo l'umanità.

La nostra specie ne è sprovvista.

Siamo esseri pratici. Per noi le emozioni sono una perdita di tempo. Prendiamo decisioni basate sui Destinati (angeli che possono vedere il futuro). È per questo che io e Stas siamo stati creati.

Ultimamente, però, sembra che i Destinati non stiano fornendo una guida tanto altruista all'Alto

Consiglio dei Seraphim. Anzi, a quanto pare vogliono che il famoso Consiglio venga rovesciato.

È ancora tutto soggettivo e in sospeso.

Una profezia ha affermato che Stas diventerà una forza potente, diversa da qualsiasi altra che questo mondo abbia mai visto, e 'ci distruggerà tutti'. I Seraphim pensavano che si riferisse a Osiris e ai suoi orrori, ma ultimamente sembra che la profezia si riferisca a *tutti* gli angeli.

Non è facile da capire, lo so.

Per questo ho detto di partire dall'inizio.

Ma se siete qui e volete seguire la mia piccola avventura secondaria, sentitevi liberi di girare pagina. Devo dare la caccia a un'Ichoriana. Ho preso in prestito la sua capacità empatica per mettere alla prova la mia umanità, ma non è andata come previsto. Quindi le chiederò di rimediare. Se non funziona, ucciderò la fonte, cioè lei.

Ho un altro paio di parole di avvertimento, prima di iniziare: In questo momento mi trovo a Hydria, un'isola disseminata di quegli Hydraiani di cui ho parlato. Sono come gli Ichoriani, ma non bevono sangue. Hanno anche doppi poteri e sono estremamente emotivi.

Cercherò di evitare di parlare con la maggior parte di loro.

In questo modo la storia sarà più efficace.

Bene allora, prendete una piuma e volate con me. Mi aspetto che la situazione da queste parti si faccia sanguinolenta.

PROLOGO: CLARA

Innocente fino a prova contraria.

Si diceva così?

Non sembra funzionare per me. Sì, ho ammesso ad alta voce i miei presunti peccati, ma mi ha costretta Osiris a farlo. Ero sicura che non mi avrebbero creduta, o che si sarebbero fatti due domande riguardo il mio cambio di alleanze, ma non è stato affatto così. Mi hanno gettata in questa cella per torturarmi in cambio di informazioni... Informazioni che non ho.

Rabbrividisco. Fa freddo. Tanto, tanto freddo. Sono sola.

Fa male.

Il tradimento, il dolore provocato dalla loro facile accettazione dei fatti, la consapevolezza che coloro che credevo fossero la mia famiglia non mi hanno mai considerata tale.

Mi rannicchio e cerco di scomparire. La mia

mente trasmette un mantra fatto di parole di autocommiserazione, che Osiris ha messo lì affinché io le ripeta e tutti le sentano.

Balthazar sembra dubitare della ripetizione dei miei pensieri. Vorrei che potesse sentire quelli che urlano al di sotto, dentro di me, pregandoli di *ascoltarmi*. Tuttavia, sembrano capire solo quelli falsi e superficiali. Le parole che mi dipingono come colpevole, che sostengono che li abbia traditi, che dicono che l'abbia fatto perché Issac non mi voleva più, nonostante sia stata creata per lui.

Lo crede anche lui? Pensa che mi senta davvero così, dopo tutto quello che abbiamo passato?

Non ci siamo mai voluti.

Lui lo sa meglio di chiunque altro.

Vorrei chiedere di parlargli, ma non posso. Sono rinchiusa in una cella senza via d'uscita, congelata in un angolo sotto un'ondata di agonia che solo io posso sentire.

Il tempo passa.

Le domande continuano.

Sempre le stesse. Sempre arrabbiate. Non ho mai visto Luc guardarmi in quel modo, come se volesse uccidermi. Sono terrorizzata. Voglio piangere, ma non ci riesco.

Se ne vanno per l'ennesima volta.

Mi rannicchio su me stessa, vorrei urlare, ma nessun suono mi esce dalle labbra. Sono una marionetta, controllata da fili che non riesco a vedere. Tuttavia, li sento. Avvolgono i miei pensieri e decidono per me. Mi muovono la bocca, la lingua e parlano al posto mio.

La gola mi fa male per la sete.

È passato troppo tempo dall'ultima volta che ho mangiato, ma mi tengono debole, per punirmi di un crimine che non ho commesso.

Aspetto che qualcuno metta in dubbio la razionalità di questa situazione, che si chieda perché mai potrei commettere un atto del genere, che dichiari che c'è qualcosa che non va.

Ma il momento non arriva mai.

Li sento, nel corridoio: i toni arrabbiati di Luc e quelli tranquillizzanti di B.

Il mio cuore si spezza ancora un po', poi si ferma del tutto, quando un uomo dai capelli biondi si materializza nella mia cella come una specie di dio.

No, non un dio. Un Seraphim.

Non riesco a vedergli le ali, ma ha un'aura eterea intorno a sé. O forse è tutto quel tremolio. Diamine, non riesco nemmeno a capire se è reale. Forse sto delirando per la mancanza di nutrimento.

Una risata minaccia di uscirmi dal petto, ma la frustrazione la demolisce e resto lì a tremare. Mi agito un po', mentre cerco di allontanare il dolore.

Avanti e indietro.

Avanti e indietro.

Avanti e indietro.

Così va un po' meglio. Lui è accanto a me ed emana molto calore!

"Ho bisogno di un campione del tuo sangue," mi dice, con una voce profonda, morbida e un po' burbera. Mi piace.

Finché non assimilo le sue parole.

Sangue?

L'effetto della persuasione mi impedisce di parlare, la parola mi si blocca nel cervello mentre lui avvicina un coltello al mio braccio. Vorrei indietreggiare, reagire, ma non ci riesco. L'incantesimo di Osiris mi tiene prigioniera, costringendomi a sopportare la tortura di quella lama e la ferita che mi provoca nell'avambraccio. Non riesco nemmeno a guardarlo, rivolgo l'attenzione su un punto della stanza e la mia mente si ribella alla necessità di reagire del mio corpo.

È l'agonia personificata, che mi distrugge dall'interno mentre combatto contro una rete invisibile che mi tiene in ostaggio dei capricci di un'altra persona.

Le lacrime mi solleticano gli occhi, ma si rifiutano di cadere.

Dentro di me, sto morendo. Sono a pezzi. Non riesco a concentrarmi, a respirare o a fare altro che non sia *ondeggiare*.

Odio tutto questo.

Odio loro.

Odio Osiris.

Odio me stessa.

Come ho fatto a ritrovarmi in questo inferno? Perché proprio io? Non ricordo nemmeno come sia successo, ma riconosco il potere. So a chi appartiene, solo che non so da quanto tempo è nella mia mente.

Sono innocente! Urlo di nuovo, ma nessuno mi sente. *Aiutatemi!*

Il calore mi avvolge il fianco mentre l'essere con il coltello cade in ginocchio. Trema violentemente e libera tutto il dolore che tengo sepolto dentro di me.

Il mio cuore batte un po' più leggero per la tregua, la sua agonia rispecchia la mia e le sue guance si bagnano delle lacrime che vorrei versare io.

Dolce beatitudine!

Ma niente di tutto questo è vero.

È tutto uno strano intreccio del destino, che contorce e spinge la lama sempre più in profondità nel mio cuore.

Voglio piangere come lui. Voglio tremare come lui. Eppure rimango chiusa in questa gabbia di angoscia perpetua, in silenzio e sola.

I suoi occhi verde chiaro incontrano i miei, la tristezza si riflette nelle sue splendide iridi. Desidero essere come lui. Poter dare voce alle mie emozioni.

Abbassa lo sguardo, poi scuote la testa mentre le voci si diffondono nella stanza intorno a noi. Le ignoro e mi concentro sul bell'esemplare che si muove accanto a me. Fingo di essere lui, di usarlo come valvola di sfogo per tutte le emozioni che minacciano di distruggermi.

Ma la rabbia degli Anziani mi fa perdere la concentrazione, in particolare quella di Luc.

Mi vuole morta.

Sento il suo odio.

La sua è una maschera che indossa per nascondere il dolore, un modo per gestire la perdita spiacevole che crede sia stata causata da me.

È inutile correggerlo.

Non mi crederà mai.

Sento le spalle incurvarsi e le viscere urlare ancora una volta. Sono stata sconfitta da tutti loro, da me stessa, da questa orribile realtà.

"Aiutala," dice l'angelo con quel tono burbero. "*Maledizione. Falla smettere!*"

Sbatto le palpebre. È un empatico come me? Può percepire la verità?

Il pensiero mi fa male al petto, sento il respiro accelerare prima che quella minacciosa pressione mi opprima di nuovo.

No! Voglio sentire questa speranza! Sognare!

Un uomo così bello.

Il mio salvatore.

Ti prego, percepiscimi. Per favore, capisci.

Sembra arrabbiato, i suoi occhi verdi tremano per l'agitazione. "È in agonia." Le sue grandi mani si chiudono a pugno e le braccia muscolose si piegano con il movimento. "Guaritela." Una parola pronunciata a denti stretti.

Una parola che ricorderò per sempre.

Una parola che promette di cambiare tutto.

Perché sento che gli altri nella stanza stanno riflettendo, la confusione che emana Balthazar indica che forse ascolterà questo potente angelo.

Il mio angelo custode.

Mi guarda un'ultima volta, poi scompare dalla stanza, confermando di essere un Seraphim.

Rimango con i miei rapitori e un terrificante Ichoriano maschio.

Forse mi sbagliavo. Forse alla fine, morirò. Mi sta studiando in un modo che mi mette a disagio, con gli occhi verdi della stessa tonalità di quelli del padre.

È Sethios, il figlio di Osiris.

È conosciuto per il suo sadismo. La crudeltà. I suoi modi malvagi.

È anche il padre di Stas.

Stas... che è morta sulla spiaggia.

È così, quindi. L'hanno portato qui per affidarmi al mio destino finale.

Forse l'angelo tornerà per guidarmi nell'aldilà.

Forse non è mai esistito.

Chiudo gli occhi, in attesa della sorte, per poi aprirli quando sento che le corde intorno alla mia mente e al mio corpo cominciano a sciogliersi.

Sta annullando la persuasione.

"Astasiya ha visto Clara, da quando l'hai imprigionata?" domanda Sethios.

"No, perché?" gli risponde Lucian.

"Perché credo che mio padre le abbia lasciato un regalino da scartare," dice Sethios, mentre sento un altro po' di pressione allentare la presa sul mio spirito.

Sa che cosa mi ha fatto Osiris, realizzo, sento che il cuore mi batte talmente forte che minaccia di rompersi. *Lui sa… perché l'angelo mi ha percepita. Mi ha salvata, il mio guardiano, dolce angelo… L'empatico che mi ha liberata…*

È una sensazione molto liberatoria, gratificante, finché l'agonia che ho dentro non trova finalmente una via d'uscita nella bocca.

Mi fa urlare.

E urlare.

E urlare.

Dalle labbra mi escono parole che non voglio dire, minacce che avevo pensato e che non riuscivo a esprimere, dichiarazioni sulla famiglia, sul tradimento... tutto ruggisce fuori da me. Quando Balthazar cerca di toccarmi, con un pugno gli colpisco la mascella, ho la mente troppo presa dall'orrore per concentrarmi sul presente.

L'unica cosa che rimane positiva dentro di me è la connessione con l'angelo. L'uomo che mi ha percepita. L'uomo che ha chiesto di guarirmi.

Vorrei solo sapere il suo nome.

Un giorno lo troverò e lo ringrazierò.

Il mio salvatore dagli occhi verde chiaro.

Il mio angelo.

GABRIEL

La sorella di Gabriel stava per cadere in una trappola tesa da uno dei Seraphim più pericolosi di sempre.

Leela era impegnata ad aiutare un abominio creato in laboratorio a dare alla luce una bambina.

Ezekiel stava sorvegliando una profetessa.

Vera era chissà dove.

E Gabriel svolazzava sulla spiaggia fuori dalla capanna dei prigionieri di Hydria.

Ripercorse le priorità nella testa per la milionesima volta e si chiese perché avesse scelto di essere lì piuttosto che in uno fra tutti i luoghi citati. Sua sorella avrebbe probabilmente avuto bisogno di rinforzi e Leela di assistenza. Eppure Gabriel aveva scelto il proprio destino, invece che il loro.

Dopo decenni in cui aveva sempre anteposto gli altri a se stesso, gli sembrava un po' strano prendersi un momento per dedicarsi alla propria curiosità, ma aveva bisogno che la strega rinchiusa in quella capanna lo curasse.

Era lei l'empatica che gli aveva acceso le emozioni. Avrebbe dovuto aiutarlo a spegnerle, o lui l'avrebbe uccisa. Gabriel non aveva tempo per un'assurdità come le emozioni. Aveva bisogno che quella farsa finisse. Subito.

Tecnicamente, era stata una *sua* idea assorbire il dono di Clara. Non era la prima volta che usava le capacità di Seraphim per farlo: bastava una goccia di sangue dell'essere per ereditare qualsiasi talento che lui o lei possedeva.

Tuttavia, le capacità di quell'incantatrice lo perseguitavano. Anche in quel momento era tentato di osservare il cielo stellato della notte e di sospirare.

Sì, *sospirare*, maledizione.

Il che gli fece storcere le labbra (cosa che non aveva mai fatto prima), in segno di fastidio.

Si scrollò di dosso quel sentimento e si costrinse a mantenere un'espressione statica. Non serviva a nulla affrontare la questione da un punto di vista emotivo. Avrebbe preteso che la donna lo curasse, poi sarebbe andato a svolgere il compito successivo.

O forse si sarebbe appisolato.

In quei giorni non aveva dormito molto e sentiva la stanchezza che appesantirgli le membra.

Sì, un sonnellino sarebbe stato gradito.

Gradito?

Ringhiò a quel ridicolo sentimento e si diresse

verso la capanna sulla spiaggia, deciso a stroncare quelle sciocchezze emotive.

La cella di Clara era in fondo, oltre le due guardie che aspettavano nel corridoio. Gabriel non si fermò a chiedere il permesso, si limitò a passare davanti a loro nello stato etereo. Poiché erano Hydraiani, non potevano vederlo. Era uno dei tanti vantaggi di essere un Seraphim. Anche la mancanza di emozioni di solito lo era.

Stava quasi per imbronciarsi di nuovo, ma riuscì a correggere il movimento del viso mentre attraversava la porta per entrare nella stanza dalle pareti bianche.

Un ricordo di prima lo tormentò: la povera donna bionda rannicchiata in un angolo, che si muoveva da un lato all'altro a un ritmo che solo lei poteva sentire.

Non sedeva più lì.

Gabriel si materializzò nello stato corporeo e fece una giravolta sul pavimento di cemento, verso la doccia. Lei era in piedi lì dentro, a bocca aperta.

Nuda.

Maledizione.

Perché continuava a succedergli? Prima sua madre aveva deciso di volare in giro senza vestiti e in quel momento quella donna se ne stava bagnata sotto il getto della doccia.

Tuttavia, a differenza del primo caso, la vista di Clara lo incuriosiva un po'.

No. No, non mi intriga affatto, si corresse. *I piaceri della carne sono un concetto mortale.*

Aveva provato il sesso un paio di volte e non capiva il motivo di tanto clamore. Fatta eccezione per una piccola reazione fisica di sollievo, non significava nulla.

Naturalmente, nessuna delle sue conquiste assomigliava a Clara, con la sua vita sottile, le gambe lunghe e i seni superiori alla media. Pensò che gli sarebbero stati nei palmi delle mani piuttosto bene.

Non che ci stesse pensando. Perché sarebbe stato poco pratico.

Gabriel si schiarì la gola. "Mi serve il tuo aiuto per sistemare una faccenda," le disse.

Lei squittì in risposta e lui si imbronciò. Quel gesto lo fece arrabbiare. Poi ringhiò infastidito dalla sua stessa faccia poco collaborativa.

"Lo vedi cosa mi hai fatto?" le chiese mentre si indicava i lineamenti. "Continuo a... *reagire*. Ho bisogno che tu mi sistemi."

Clara urlò di nuovo, aggiungendo al suono un salto che fece cadere l'asciugamano e i vestiti dal loro trespolo precario sul cornicione di cemento accanto a lei, fino al terreno sottostante. Proprio sotto l'acqua che scendeva dal soffione della doccia. "Forse la sedia sarebbe stata un posto migliore..." commentò Gabriel mentre indicava la sedia a un metro sulla sinistra della doccia aperta.

Le sarebbero serviti anche una tenda da doccia e un letto vero e proprio. Il materasso rifatto a metà sul pavimento sembrava piuttosto scomodo e freddo.

Gabriel immaginò che lei si meritasse quel destino, visto che aveva tradito gli amici e la famiglia. Si chiese se fosse vero. Aveva sofferto molto quando lui le aveva prelevato il sangue, e non a causa del taglio. Quel tipo di agonia era profonda e orribile. Ricordò la sensazione e gli venne un brivido lungo la schiena.

Gabriel non voleva mai più provare un'esperienza simile.

Tuttavia, dovette chiedere: "Stai bene?" Perché se stava ancora soffrendo, allora lui... beh, avrebbe dovuto fare qualcosa.

Perché? si chiese. *Perché mi sento obbligato ad aiutare questa donna?*

Maledizione, tutto ciò lo confondeva.

Tutto quanto.

Disprezzava quelle tendenze poco pratiche. Voleva solo riavere la sua sanità mentale!

"Sei... tu sei reale," sussurrò.

Lui sbattè le palpebre. "Beh, sì?"

"E sei in piedi nella mia cella."

Gabriel si guardò i piedi e le labbra minacciarono di fare di nuovo quella smorfia irritata. "Di solito questa posizione viene chiamata così, sì."

Perché gli faceva domande tanto stupide? Era forse malata? Era per quello che si sentiva così strano a causa del suo sangue? Lo aveva in qualche modo infettato con qualsiasi cosa avesse?

"Perché?" chiese lei in un sussurro. "Sei qui per tagliarmi di nuovo?"

"Ti ho fatto del male?" ribatté lui, e si chiese se fosse quella la causa della stranezza di Clara.

"No. Mi hai salvata. Ora sanno la verità."

Gabrel avrebbe voluto inarcare le sopracciglia, ma si rifiutò di farlo. "Quale verità?"

"Che non sono io la spia."

Beh, quella era una novità per lui, ma era stato un po' impegnato, dall'ultima volta che l'aveva vista. "Se non sei la talpa, allora perché sei ancora in questa cella?"

"Per aiutarli a prendere il colpevole," gli rispose lei mentre trasaliva per quelle parole. "Sono bloccata qui finché non capiranno cosa è successo davvero."

"Ma non li hai traditi."

"No, non l'ho fatto."

"Eppure sei ancora in punizione."

Clara alzò una spalla. "Dove altro potrebbero mandarmi?" Abbassò lo sguardo sull'asciugamano e sui vestiti bagnati, poi sbiancò e alzò improvvisamente le mani per coprirsi. "Oh santo cielo, sono nuda."

"Chiaramente," osservò Gabriel. "E l'acqua scorre." Visto che stavano dicendo ovvietà, il

Seraphim pensò di sottolineare quel fatto, visto che la doccia stava sprecando risorse che Clara non usava per lo scopo desiderato.

"Girati!" esclamò lei di scatto.

Lui si guardò alle spalle. "Perché? Non c'è niente lì."

"Perché sono nuda!"

Gabriel non poté fare a meno di lasciare che le sopracciglia di abbassassero. "Perché dovrei girarmi?" A essere sinceri, preferiva di gran lunga non farlo. Era un problema che avrebbe dovuto valutare in seguito, perché non gli sarebbe dovuto piacere guardarla in quello stato. Tuttavia, un bel rossore le trasformò la carnagione pallida in una deliziosa tonalità rosata che sembrava raggiungere ogni parte delle forme esposte.

Imbarazzo, si rese conto. *Perché la sto guardando nuda.*

Giusto.

Lei era nata umana, quindi quel tipo di situazione le dava fastidio.

Da lì il motivo per cui voleva che lui si girasse.

Gabriel sospirò e fece come gli aveva chiesto Clara, quando un altro pensiero gli balenò in testa. "Sono i tuoi unici vestiti?"

"Sì," gli rispose lei, quella singola parola racchiudeva un'emozione che lui non riusciva a definire. Così si voltò per vedere le lacrime che le luccicavano negli occhi.

"Stai di nuovo soffrendo?" le chiese,

preoccupato che ricominciasse con quel muto dondolio che l'aveva scossa la prima volta che si erano incontrati.

Clara chiuse l'acqua e si avvolse nell'asciugamano bagnato, con il labbro inferiore che le tremava. "Sto bene."

Non sembrava che stesse bene. Era bella, sì. Ma anche molto triste. Si asciugò una lacrima dall'occhio e schiarì la gola.

"Perché sei qui?" Le parole le uscirono un po' rauche, come se avesse dovuto forzarle per superare l'emozione in gola.

"Mmmh, pensavo che ti avessero guarita." Tuttavia, non sembrava essere migliorata rispetto allo stato in cui Gabriel l'aveva trovata inizialmente. Beh, a parte il fatto che finalmente parlava. Quello era un miglioramento.

Clara si limitò a guardarlo e a cercare di stringere l'asciugamano intorno a sé, che non faceva altro che far scorrere altra acqua sulla sua figura già bagnata.

Osservò i vestiti rovinati, poi si guardò intorno nella cella per cercare qualcosa che potesse usare. Le lenzuola sottili sarebbero potute andare bene, ma le avrebbero lasciato un materasso vuoto su cui dormire, più tardi.

Qualcosa lo tormentava, un piccolo moscerino irritante che lo metteva a disagio. Non riusciva a ignorarlo, nonostante la sua inclinazione pratica a ignorare le condizioni di lei e proseguire con lo scopo per cui si era recato lì.

"Questi alloggi non sono adatti." Dovevano affrontare una conversazione importante e lei era troppo infelice per poterlo fare.

Gabriel uscì dalla cella e si nebulizzò nel suo appartamento a New York. Era quello che teneva nascosto e dove soggiornava quando aveva bisogno di rimanere vicino alla sede della Fondazione Assistenza Catastrofi ma non voleva che qualcuno lo trovasse. Aveva un altro appartamento che teneva per questioni di lavoro e per tranquillizzare il suo ex capo. La seconda proprietà non era più rilevante, ma l'altra serviva uno scopo ragionevole. Soprattutto da quando la casa nel sud dell'oceano Pacifico era stata compromessa.

Si guardò intorno, alla ricerca di qualcosa di sospetto, ma la trovò pulita e intatta come l'aveva lasciata settimane prima.

Le piume rosse alle sue spalle lo spinsero verso il bagno padronale, dove scelse un morbido asciugamano bianco. Sarebbe stato molto meglio di quello che Clara aveva in cella.

Con un cenno, tornò a trovarla di nuovo sul pavimento, trovandola con le lacrime che le scendevano sulle guance mentre singhiozzava nei vestiti bagnati.

Maledizione. Allora era davvero distrutta.

Gabriel sospirò, un suono che cominciava

davvero a dargli sui nervi, ma le porse il tessuto di cotone. "Ecco, questo…"

Lei strillò (un altro suono che non gli piaceva affatto) e si coprì il cuore con la mano. "Smettila di farlo!" Le parole erano taglienti, ma la sua espressione mancava di rimprovero. Poi gli occhi le caddero sull'asciugamano e arrivò una nuova ondata di lacrime.

Si schiarì la gola, decisamente a disagio per la piega che aveva preso l'intera conversazione. "Io…" Già, non sapeva come finire quell'affermazione, così si limitò a porgerle il tessuto asciutto.

Lei lo fissò per un attimo e singhiozzò. Poi si alzò in piedi e scambiò l'asciugamano umido con quello che lui aveva in mano. Un brivido la attraversò mentre si avvolgeva nel cotone felpato, con le pupille che si dilatavano in risposta. Era un asciugamano molto più bello di quello che c'era sul pavimento, e Gabriel guardò di nuovo i vestiti fradici vicino alla doccia.

"Hai bisogno di una sistemazione migliore," le disse. Ai prigionieri dei Seraphim venivano almeno garantite condizioni sterili. Se quello che gli aveva detto lei prima era vero, allora non avrebbe nemmeno dovuto essere prigioniera. "Andiamo."

"Andare? E dove?" gli chiese lei, con la voce che le si bloccava alla fine.

"Nel mio appartamento. Ti troverò dei vestiti asciutti da abbinare all'asciugamano, poi potremo parlare."

"Parlare di cosa?"

"Delle emozioni," ribatté lui in modo categorico mentre le porgeva la mano. "La nebulizzazione ti sembrerà un po' strana all'inizio, ma ti abituerai."

"Nebulizzazione?"

"Per raggiungere il mio appartamento," concluse lui per lei. "Sì."

"Io... non capisco."

Cosa c'era da capire? "Ti porto nel mio appartamento a New York, così posso darti dei vestiti nuovi e possiamo parlare delle tue capacità empatiche." Gabriel pronunciò le parole lentamente, sperando che lei potesse capire.

"E cosa farai con Luc? Lui non vuole che me ne vada."

Gabriel grugnì e prese il telefono per mandare un messaggio a Ezekiel. *Avvisa il re degli Hydraiani che ho preso Clara. La riavrà più tardi.* Inviò il messaggio e rimise in tasca il telefono. "Ho sistemato tutto." Alzò di nuovo la mano. "Andiamo."

"Ma non so nemmeno come ti chiami," protestò lei. "Voglio dire, credo di sapere chi sei, ma... non ci siamo mai incontrati."

Lui sbatté le palpebre. *Formalità? Adesso? Davvero?* "Gabriel," la informò. "Guerriero Seraphim. Ex Sentinella del FAC. Fratellastro di Stas. C'è altro?"

"Immaginavo che fossi lui," rispose lei con dolcezza. "Va bene. E sei sicuro che Luc sia d'accordo?"

Mentre parlava, la tasca di lui ronzava. Non si

preoccupò di guardare il messaggio, sicuro che Ezekiel se ne sarebbe occupato per lui. "Sì. Ti restituirò non appena avremo finito di parlare." *Viva o morta*, aggiunse tra sé e sé. *A seconda di quanto ti dimostrerai utile.* "Possiamo andare, ora?"

CLARA

CLARA FISSÒ LA MANO ROBUSTA DAVANTI A LEI.
Sembrava così invitante e calda. Da empatica,
desiderava il contatto. Ed era passato così tanto
tempo dall'ultima volta che qualcuno l'aveva stretta.
Beh, fatta eccezione per Balthazar. Aveva cercato di
confortarla dopo tutto quello che era successo, ma
lei non aveva voluto che lui o chiunque altro la
toccasse.

Gabriel era diverso.

Era il suo angelo.

Quello che l'aveva salvata.

L'uomo che aveva chiesto di *aiutarla*.

E in quel momento voleva portarla nel suo
appartamento a New York. Le sembrò un po'
improvviso, proprio come la sua comparsa nella
cella. Eppure si era ritrovata a voler andare con lui.
Una strana sensazione, visto che era mezza nuda e
non poteva leggere le emozioni del Seraphim.

Ma con lui si sentiva al sicuro. Forse perché l'aveva già salvata in passato. O forse era il profumo di menta piperita del morbido asciugamano che le aveva dato a disposizione, a stuzzicarle i sensi. La cullò in uno strano senso di benessere e la indusse a stringergli la mano.

Il tocco le provocò una scossa lungo la spina dorsale, l'elettricità che vibrava tra loro le infiammò il sangue proprio mentre il mondo si trasformava in una sfocatura.

Le si strinse lo stomaco per il movimento estraneo e le labbra si aprirono in un sussulto.

Oh!

Non era affatto sicura che le piacesse. Era diverso dal solito teletrasporto di Jacque. Sembrava... sbagliato. Come se si stesse intromettendo in uno spazio di potere etereo a cui non avrebbe dovuto avere accesso.

La sua presa sulla mano di Gabriel si fece più salda e lo avvicinò a sé per stringergli intorno il braccio libero, temeva che lui potesse perderla in quella rete di strane sensazioni simili a una ragnatela. Le mani rimasero strette, ma lui seguì l'esempio e ricambiò l'abbraccio, con il braccio forte che le cingeva la vita mentre si fondevano in una cosa sola.

Sospirò contro di lui e si sentì subito in pace, nonostante il tumulto che le si agitava dentro. Era *quello* ciò che desiderava. Essere tenuta in braccio. Anche la sua mancanza di emozioni l'aiutava. Non riuscire a percepire nulla da lui le garantì una pace mai provata prima.

Le ci volle un attimo per capire che erano arrivati. Tuttavia, non si lasciò andare, il suo corpo e la sua mente avevano bisogno di qualche altro minuto di quella serenità.

Lui non parlò e non la spinse via, si limitò a tenerle il braccio intorno, per offrirle una stretta protettiva che la metteva al riparo da tutti e da tutto il resto.

Gabriel era il suo salvatore. Il suo angelo custode. L'uomo che aveva dato inizio alla sua libertà dalle catene opprimenti che l'avevano tenuta prigioniera per troppo tempo.

Grazie, voleva dirgli. *Grazie per aver visto la verità quando nessun altro la vedeva.*

Ma a Clara non piacevano le parole. Preferiva l'azione. Forse per la sua innata empatia. Spesso vedeva oltre le dichiarazioni degli altri e oltre le emozioni nascoste. In quel mondo esistevano così tante manipolazioni e falsi commenti, ma le azioni fornivano prove in una miriade di modi diversi.

Per quello si alzò in punta di piedi e gli diede un bacio sulla guancia. Era un gesto di affetto e di gratitudine. Solo che la pelle calda di lui la invitò a soffermarsi un po'. Aveva un profumo così buono. Il suo calore maschile... Ah, avrebbe voluto avvolgersi in esso e non lasciarlo più.

Tutti i suoi amanti erano stati mortali, perché lei li richiedeva per il proprio sostentamento. Anche se

Aidan l'aveva spesso invitata nel suo nido, lei lo aveva assecondato raramente. Non le sembrava giusto, perché poteva sempre percepire la presenza del suo amore per un'altra.

La madre di Issac e Amelia.

Lui non parlava mai di lei, né con Anya né con Nadia, ma Clara aveva sempre saputo della sua preferenza per la donna che aveva perso tre secoli prima. Non significava che non amasse le donne che aveva trasformato in Ichoriane, le amava, ma piangeva anche la sua perdita. Ciò lasciava sempre Clara un po' a disagio, quando si univa al creatore e al suo harem in camera da letto.

Così assecondava il bisogno di contatto in modi temporanei con i maschi umani, usandoli principalmente per il sangue, ma anche per il sesso.

Gabriel era... diverso.

Un Seraphim.

Un immortale che avrebbe potuto potenzialmente dominarla e non il contrario.

Clara viveva in una costante condizione di dover istruire i suoi amanti su come soddisfarla, la maggior parte dei mortali erano troppo inesperti o gentili per darle davvero ciò di cui aveva bisogno.

Con Gabriel non sarebbe stato un problema.

Le cosce le si strinsero al pensiero.

Poi la mente la raggiunse e le ricordò che l'aveva portata lì per parlare, non per abbandonarsi alle sensazioni e al tatto.

Tuttavia, lui non l'aveva lasciata andare.

Anzi, la teneva piuttosto stretta, anche se un po' rigidamente. Stava almeno respirando?

Le labbra di Clara erano ancora contro la guancia di lui. Gli sentiva la mascella rigida, la tensione palpabile. Era quella buona o quella cattiva? Non riusciva a leggergli le emozioni per poterlo dire con sicurezza, così appoggiò i piedi sul legno sotto di loro e si spostò indietro quel tanto che bastava per osservare i suoi occhi verde chiaro. Solo che erano mascherati dall'indifferenza.

Clara deglutì alla vista, a disagio per via dell'evidente disinteresse del Seraphim. "Io... volevo solo ringraziarti." Le parole le uscirono affannose.

"Per cosa?" le chiese lui, con un sopracciglio che si inarcò verso l'alto, per poi raddrizzarsi mezzo istante dopo. Una reazione strana, quasi come se avesse cercato di fermarsi a metà del gesto.

"Per avermi salvata," sussurrò.

"Non ti ho salvata, ti ho presa in prestito. Quando avremo finito di parlare, ti riporterò nella tua cella." A quell'affermazione, Gabriel piegò il braccio lungo la schiena di lei. L'azione contraddiceva le parole. Sembrava che non volesse affatto restituirla, ma che volesse tenerla ancora.

Interessante.

Da quanto avevano detto Aidan e Luc, i Seraphim non provavano sentimenti. Erano esseri stoici che preferivano la ragione alle emozioni. Sembrava che Gabriel stesse lottando con quel concetto. Era per quello che aveva bisogno di parlarle di empatia? Aveva bisogno di capire come provare sentimenti?

Lei poteva insegnarglielo.

A patto che lui accettasse di continuare a stringerla in quel modo. Perché accidenti, Clara si sentiva benissimo. Come se fosse a casa. Gabriel era incredibilmente accogliente. Virile. Forte. Sicuro.

Clara cedette all'impulso di accarezzargli il petto e provocò un suono soffocato da parte di lui. Il braccio diventò di granito contro la schiena e le strinse la mano. Non dolorosamente. Ma... in modo possessivo.

Lei lo guardò di nuovo, quella volta notò il dilatarsi delle narici. "Cosa stai facendo?" chiese lui con voce tesa.

"Mi godo il contatto."

"Perché?"

"Perché è meglio delle parole."

"Perché?" ripetè lui.

"Le parole mentono. I gesti no."

La fissò. "Le azioni possono contenere bugie. Una volta ho condotto Stas a un esame al FAC che sapevo le avrebbe fatto male, solo per mantenere la mia copertura, ma questo non significava che volessi farle del male. Tuttavia, sapevo che sarebbe sopravvissuta, dato che è una Seraphim."

Era il massimo che le aveva detto fino a quel momento e lei si ritrovò affascinata dal tono profondo della sua voce. Clara era anche incuriosita dallo sguardo un po' rammaricato. Si chiese se si fosse reso conto di aver appena pronunciato quell'affermazione come se stesse confessando un peccato che voleva togliersi di dosso.

"È più facile individuare le bugie nei gesti," gli rispose lei lentamente. "Si capisce sempre chi manca di cuore." Sospettava che l'evento che lui aveva appena descritto avesse in qualche modo mostrato il suo disagio per l'atto.

O forse lo aveva nascosto bene sotto la nuvola di stoicismo.

Tuttavia, la sua decisione di continuare a tenerla in braccio suggeriva che non aveva il controllo delle emozioni come credeva. Non aveva cercato di allontanarla o di liberarla, ma si era limitato a tenerla stretta come se non volesse lasciarla andare.

A lei non dispiaceva.

Si sentiva bene contro di lui.

"La mancanza di cuore si riferisce alle emozioni," disse Gabriel dopo un attimo di silenzio. "Tuttavia, i Seraphim non provano sentimenti. Tutto ciò che fanno è pratico. Eppure, ultimamente ho il sospetto che molte delle loro azioni siano fondate sulla menzogna."

"È una confessione o un'osservazione?" pensò lei ad alta voce.

"Potrebbe essere entrambe le cose." Gabriel piegò le labbra verso il basso. "Mi stai incantando di nuovo."

"Incantando?"

"Sì." La studiò a lungo, gli occhi verdi non

rivelavano nulla. "Ho accusato degli effetti indesiderati della tua empatia."

Toccò a lei corrucciarsi. "Che cosa intendi dire?"

"Quando ho bevuto il tuo sangue, ho preso in prestito la tua abilità. Doveva essere solo temporanea, per testare i miei livelli emotivi prima dell'incontro con l'Alto Consiglio dei Seraph. Tuttavia, sono rimaste alcune imprecisioni che vorrei fossero corrette."

Clara sbatté le palpebre. Quel giorno aveva accennato alla necessità di un campione del suo sangue, ma nessuno le aveva detto perché. Erano tutti troppo presi dalla scoperta della sua innocenza. Persino lei aveva dimenticato di chiedere. In parte non le era importato, perché il risultato delle azioni di Gabriel l'aveva liberata.

Ma ora lui le aveva fornito un motivo.

"Cos'è l'Alto Consiglio di Seraph?" gli chiese. "E perché avevi bisogno di testare i tuoi livelli emotivi?"

Le braccia di lui rimasero forti intorno a Clara, ma il suo volto continuava a non rivelare nulla. "L'Alto Consiglio di Seraph è l'organo di governo dei Seraphim. Presentarsi davanti a loro con qualsiasi segno di emozione potrebbe comportare una condanna alla riabilitazione, e preferirei evitarlo."

"Oh." Mormorò lei, mentre la mente assimilava quell'informazione. Tristan le aveva parlato della vera natura di Gabriel, ma Clara non aveva mai incontrato lui o altri Seraphim. Apparentemente potevano diventare invisibili e teletrasportarsi. E prendere in prestito abilità quando bevevano il sangue.

Non era affatto terrificante.

"Purtroppo, la tua empatia ha lasciato un'impronta duratura," continuò, senza badare ai pensieri. "Ed è per questo che mi sono intrufolato nella tua cella: ho bisogno del tuo aiuto per eliminare le sensazioni che permangono nel mio organismo."

"Forse dovresti parlarne con B." gli suggerì lei. "Lui sa manipolare le emozioni. Io le sento e basta." Anche se in quel momento non percepiva nulla provenire da Gabriel. A parte la sensazione che le dava il suo corpo robusto, naturalmente. Emotivamente era una pagina bianca. Clara lo trovava piuttosto rilassante. Sentire le emozioni di tutti gli altri mescolarsi con le proprie poteva essere estenuante.

"Balthazar è impegnato a far nascere il bambino di Lizzie," rispose Gabriel. "Io…"

"È entrata in travaglio?" intervenne Clara. "Di già?" Lizzie era incinta di pochi mesi. Forse quattro al massimo. "Sta bene?"

"Sono sicuro di sì." Il tono di Gabriel conteneva una punta di impazienza. "Ma io non sto bene. Quindi ho bisogno che mi aiuti."

Clara lo esaminò per un momento e notò la

tensione nei suoi occhi. Fino a pochi secondi prima non c'era, ma era apparsa improvvisamente e mostrava un pizzico di disperazione che lei sospettava non fosse tipica del Seraphim.

"Cosa senti, esattamente?" Forse non era affatto legato alle emozioni, ma a qualcosa di completamente diverso.

"Io..." Gabriel strinse la mascella, la frustrazione era palpabile. "*Sento tutto.*" Aggrottò le sopracciglia mentre guardava in basso, verso di lei, poi abbassò lo sguardo sul loro abbraccio. "Ci stiamo abbracciando." Le braccia gli divennero fragili intorno a lei. "Io non *abbraccio.*"

La lasciò come se lo avesse bruciato e cominciò a camminare. "Mi hai incantato," la accusò. "Non può continuare così. Devi sistemare questa faccenda." Si fermò e si girò verso di lei. "Dimmi come fare."

Clara sentiva freddo senza il contatto di lui, l'asciugamano che la circondava faceva ben poco per sostituire il calore naturale del suo corpo. A ogni modo, lui non era lì per confortarla. Aveva bisogno del *suo*, di aiuto, e poiché l'aveva salvata, lei gli doveva più o meno un favore in cambio. Quindi era una richiesta giusta.

Solo che non aveva idea da dove cominciare.

"Puoi dirmi quali emozioni stai provando?" gli chiese. "Forse possiamo iniziare da lì e lavorare al contrario, in modo che tu possa... rimuovere l'emozione?" Probabilmente quello era uno di quei momenti in cui non avrebbe dovuto esprimere i pensieri ad alta voce, ma valutarli prima, perché quella frase le era sembrata del tutto ridicola.

Come si fa a rimuovere un'emozione? Sì, complimenti Clara, si castigò da sola.

Tuttavia, Gabriel sembrò prendere in considerazione la sua idea. "Stai dicendo che devo identificare l'emozione per bloccarla," disse lentamente.

"Beh, sì, ma…"

"Significa che devo capire meglio i sentimenti per sapere cosa rappresentano," continuò lui, senza ascoltarla. O forse semplicemente la ignorò.

"Potrebbe essere d'aiuto," cominciò lei, incerta su come concludere l'affermazione.

"Perché così saprei a cosa sono legate le sensazioni e sarei in grado di bloccarle alla fonte." Gabriel annuì e prese a camminare. "Sì, potrebbe funzionare. Ma avrei bisogno di sapere di più su quello che sento, per poterlo identificare."

"Non riesco a percepire niente da te," disse lei piano. "Quindi non saprei come aiutarti su questa parte."

"La tua empatia funzionerà con me, se berrò di nuovo il tuo sangue," rispose lui e si fermò ancora una volta davanti a lei. "Me ne serve ancora. Allora potrai aiutarmi a capire quello che sento e questo mi permetterà di distruggere la fonte." Nella sua mano sembrò materializzarsi una lama e lei fece un salto all'indietro.

"Oooh. Aspetta."

"Ti taglierò solo il braccio, come ho fatto l'altra volta." Le anticipò.

Clara si spostò di lato e alzò un palmo per fermarlo.. "Gabriel, fermati."

Il Seraphim si fermò a metà strada e abbassò la fronte. "Non capisco. È stata una tua idea. Ho forse interpretato male?"

Una sua idea? Lei gli aveva chiesto di descriverle i suoi sentimenti, non di tagliarle un braccio. Era stato lui ad arrivare a quella conclusione. Certo, il piano era valido, ma... "Ho bisogno di un minuto per elaborare il... coltello..." *E anche tutto il resto, direi,* aggiunse tra sé e sé.

Era molto da mandar giù. Tutto ciò che voleva fare era una doccia, per lavare via il sudiciume della cella, poi lui era apparso come un angelo della notte, solo per portarla a New York. In quel momento gli stava davanti avvolta in un asciugamano e lui voleva tagliarla.

Clara guardò il coltello e deglutì.

"È davvero un modo freddo di bere il sangue," sussurrò, più a se stessa che a lui.

"È comodo."

"Davvero?" Clara rabbrividì al pensiero della lama d'acciaio contro la pelle. "L'ultima volta hai preso solo poche gocce."

"Non me ne serve molto."

"Quindi se ne prendi di più non ti darà una dose maggiore del mio potere?" Non era sicura di come funzionasse il sistema di alimentazione dei Seraphim, ma sapeva che bere più a fondo da un umano manteneva il bisogno di sangue Ichoriano più a lungo.

Lui la studiò di nuovo, il suo silenzio contemplativo era intimidatorio ma accogliente. Non riusciva a ricordare l'ultima volta che qualcuno l'aveva presa così sul serio. Tutti l'avevano sempre vista tenera e dolce, ma non l'avevano mai considerata un'intellettuale. Soprattutto perché teneva i pensieri per sé. Balthazar li ascoltava spesso; tuttavia, non lo vedeva molto e quando succedeva, lui teneva la sua riservatezza.

Clara lo aveva sempre apprezzato.

Con Gabriel, invece, le piaceva che le prestasse attenzione e la ascoltasse.

"Hai ragione," le disse infine. "Forse dovrei prenderne di più. Posso tagliarti il polso?"

La ragazza sgranò gli occhi. "Cosa? No!" Non si aspettava certo che dicesse una cosa del genere. "Perché non mi mordi semplicemente come fanno, beh, gli Ichoriani?"

"Mordere è troppo intimo."

"Sono un'empatica," ribatté lei. "Tutto quello che mi riguarda è intimo."

Altri minuti passati in silenzio.

Altri minuti passati a studiare la situazione.

Clara deglutì, l'intensità di lui le fece venire la pelle d'oca lungo la schiena. I suoi lineamenti erano straordinari e delineati dalla scarsa luce che entrava dalle finestre a tutta altezza accanto a loro.

Gabriel era esattamente come dovrebbe essere un angelo, con le ciocche bionde mosse dal vento, una delle quali continuava a cadergli sugli occhi, gli zigomi definiti e la mascella scolpita.

Tutto nel suo viso era simmetrico e perfetto, quasi inquietante. Tuttavia, ciò lo rendeva anche incredibilmente bello e il tipo di uomo che si sarebbe meritato un secondo sguardo all'ingresso in un bar.

Proprio come B e Luc.

Solo che a Gabriel mancava la loro prestanza sessuale. Al contrario, emanava indifferenza. Il che probabilmente spingeva molte ragazze a corrergli dietro, solo per cercare di superare i suoi muri impenetrabili.

"Va bene," le mormorò mentre faceva scivolare di nuovo la lama nella tasca dei jeans. "Dove vuoi essere morsa?"

Lei lo guardò stupita. "Dici sul serio?"

"Io non scherzo," rispose impassibile Gabriel. "Quindi sì. *Sul serio*. Non ho mai morso nessuno. Ma visto che lo preferisci alla lama, te lo concedo. Mi serve il tuo aiuto, quindi ho intenzione di accomodare le tue esigenze."

Parole davvero concrete.

Ma Clara colse il bagliore delle sue narici, quando disse che non aveva mai morso nessuno. Era incuriosito dalla prospettiva che fosse la prima.

Era normale che un Seraphim apparentemente stoico si sentisse curioso?

Clara si schiarì la gola. "Io... preferirei il collo." Le avrebbe permesso di mettere di nuovo a contatto i loro corpi e di prendere in prestito un po' più di quella forza. Era rimasta troppo a lungo senza e si sentiva svuotata e fredda.

Quello era l'aspetto negativo della sua capacità: passava così tanto tempo circondata da emozioni che non sapeva come comportarsi, quando scomparivano. Inoltre, desiderava costantemente il calore di un'altra persona, desiderava di essere abbracciata e circondata dall'amore.

Gabriel non poteva darle ciò, ma poteva almeno darle calore.

"L'arteria mi darà ciò di cui ho bisogno," commentò lui. "Accetto quella posizione."

Il suo tono serio la fece quasi sorridere, solo che stava già avanzando di nuovo verso di lei. Le afferrò un fianco per impedirle di allontanarsi, la mano opposta andò ai capelli e le infilò le dita tra le ciocche bagnate.

Era una stretta molto intima.

Il profumo pulito di lui le invase le narici e le deliziò i sensi.

Poi chinò la testa verso il collo. "Mi dispiace se fa male," le disse, le parole burbere contro la pelle di lei. Affondò i denti nella vena, provocandole una scossa di dolore lungo la spina dorsale, che poi continuò in una sensazione di estasi che non aveva mai provato.

Maledizione. Quell'uomo era diverso da tutti quelli che aveva conosciuto.

Nessun preliminare.

Nessun avvertimento.

Solo azione.

Gli scavò con le unghie nella camicia e cercò di resistere mentre le ginocchia minacciavano di cederle sotto il piacere che l'abbraccio le evocava dentro.

Puro.

Eccitante.

Piacere.

Oh cielo, pensò, mentre si agitava contro di lui. *Mi farà venire solo con la bocca e non stiamo nemmeno facendo nulla.*

Clara strinse le cosce, il calore le sbocciò dentro e cominciò a perdere il controllo. Pensò di dirgli di fermarsi, ma lui le lasciò il fianco per avvolgerle la schiena con il braccio e attirarla più vicino a sé.

Verso il suo interesse corrisposto.

Accidenti. Poteva finalmente percepirlo, le sue emozioni vorticavano in un intenso tornado che se non fosse stato domato, minacciava di distruggerli entrambi.

Solo che il turbine di emozioni di lui accresceva quelle di lei e la spingeva a capofitto nell'occhio del ciclone in arrivo, dove insieme esplodevano in una serie di sentimenti che le rubavano il fiato.

Lui riusciva a percepirla? La lussuria che li avvolgeva? Che riscaldava il loro sangue? Che le inumidiva le cosce? Che gli ingrossava l'asta?

Lei tremò, le sfuggì il nome di lui dalle labbra e la sua mente si perse nelle sensazioni della loro eccitazione crescente.

Dovrei farla finita, pensò. *Dovrei... dovrei scappare. Io... non so come fare. Oh, oh, è dolce...* Clara gemette quando l'erezione di lui incontrò il suo basso ventre, il corpo le dava il sollievo che aveva perso da troppo tempo.

"Gabriel…"

Lui si scosse contro di lei, i suoi denti le lasciarono la pelle. "Che cos'è?" le chiese, con la voce roca. "Come mi hai stregato, adesso?"

"Attrazione," riuscì a dire lei, con la lingua spessa in bocca. "Attrazione... reciproca."

No. Non era abbastanza. Aveva già provato attrazione reciproca in passato. Quello... quello andava ben oltre. Si trattava di un piano di esistenza completamente nuovo. Lui aveva ereditato il suo potere, riproducendolo su di lei e facendo salire le emozioni tra loro fino a un pericoloso aumento del *bisogno.*

Le ginocchia di Clara cedettero, ma con il braccio intorno alla vita restò in piedi, mentre la presa di lui sui suoi capelli si faceva più salda. "Ho già scopato, in passato." Il tono di Gabriel era accusatorio. "Ma non ho mai provato questa sensazione."

Lei non era sicura di cosa intendesse esattamente, ma annuì comunque. Perché nemmeno lei l'aveva mai provata.

"Che cosa mi stai facendo?" le chiese mentre le premeva contro l'uccello in cerca di attrito.

Lei gemette in risposta, l'asciugamano era troppo abrasivo contro la pelle.

Si staccò per guardarla dall'alto, con le pupille spalancate dalla furia, dal desiderio e da un'orda di altre emozioni che non facevano altro che far girare più velocemente il loro vortice. "Piccola strega," la accusò spostando lo sguardo sulla bocca di Clara. "Tu... Dimmi come fermarmi."

Lei scosse la testa, incapace di obbedire. Perché non lo sapeva. Voleva e basta. "Baciami," lo implorò. "Fai qualcosa. Qualsiasi cosa." Non era venuta con il morso, ma ci era andata molto, molto vicina. Desiderava di più, *qualsiasi cosa* lui fosse disposto a darle. "Ti prego, Gabriel. Ti prego."

Lui la guardò e per una frazione di secondo Clara percepì la propria morte imminente: la determinazione di lui era palpabile.

Solo che sparì nel respiro successivo, quando le catturò le labbra e trasformò la spirale tra loro in un inferno. Bastò la sua lingua e Clara si perse completamente in lui.

Lui la possedeva.

Totalmente e completamente.

A patto che non smettesse mai di toccarla.

GABRIEL

GABRIEL NON RIUSCIVA A SMETTERE DI BACIARE Clara.

Non riusciva a smettere di accarezzarla.

Non riusciva a smettere di abbandonarsi alle sensazioni che gli percorrevano il busto.

Maledizione.

Non aveva mai provato nulla di simile. Sentiva il corpo talmente teso che gli sembrava di poter esplodere senza nemmeno essere dentro di lei. Non aveva senso, eppure per la prima volta nella sua esistenza, Gabriel scelse di non cercare un rimedio pratico.

Al contrario, si lasciò andare alle sensazioni.

Caldo.

Dannatamente, caldo.

Strappò l'asciugamano dal corpo di Clara e ingoiò il suo grido di sorpresa. Le tenne le dita nei capelli e la strinse a sé mentre la divorava con la bocca.

Il sesso non aveva mai avuto alcun valore per lui.

Eppure sarebbe morto, se avesse posto fine a tutto quello.

Tutti i principi e gli insegnamenti del passato gli inondarono la mente, cercò di riprendere una certa sanità mentale, ma riusciva a vedere solo Clara. Il seno nudo spinto contro di lui. L'esile colonna della gola, che trasudava sangue dalla ferita che lui aveva creato. I respiri rapidi e le labbra carnose.

La baciò di nuovo, più forte, la dominò con la lingua e gemette per i suoni deliziosi in risposta.

Tutti i decenni di vita da Seraphim impallidivano in confronto a quella passione. Quella sensazione. Quel violento bisogno di scopare.

Era ciò che gli era mancato in ogni incontro precedente, quel desiderio che lo faceva precipitare in una nuova realtà dell'essere.

Non c'era logica lì.

Nessun ragionamento.

Nessun editto.

Solo lussuria.

Si muoveva a spirale intorno a lui, gli consumava ogni pensiero e azione. L'uccello gli pulsava. I testicoli lo imploravano. Lo stomaco gli si stringeva.

"Clara." Il nome di lei gli uscì in un ringhio, la mano sul fianco si fece livida mentre cercava di tirarla più vicino. Solo che lei era già stretta contro di lui, con le unghie che scavavano nella camicia come se volesse tenerlo lì per sempre.

Una parte di lui pensò di spostarsi in un'altra stanza o in un altro luogo, per sfuggire a quella follia. Ma una parte più potente urlò di protesta per dirgli che non sarebbe sopravvissuto senza quello.

La sua mente girava, cercava di separare la finzione dalla verità, solo per essere distratta ancora una volta dalla bocca di Clara.

Aveva smesso di baciarla quando aveva pronunciato il suo nome.

Inaccettabile.

Le sue labbra catturarono quelle di lei, giurando di non lasciarle mai più.

Le liberò i capelli per afferrarle entrambi i fianchi e la sollevò contro di sé. Lei gli circondò la vita con le gambe atletiche, mentre fece scivolare le mani per afferrargli le spalle.

Non era abbastanza.

Gabriel aveva bisogno che entrambi fossero nudi. Di essere dentro di lei. Di *scoparla*.

L'inguine gli si irrigidì all'idea e l'asta gli divenne incredibilmente dura. Aveva sempre dovuto ordinare al corpo di reagire, ma non con Clara. Per la prima volta in vita sua, Gabriel comandava il proprio corpo.

Li accompagnò in camera da letto, senza preoccuparsi delle luci o di chiudere le tende alle finestre. Tutto il mondo avrebbe potuto vederlo, se lo avesse desiderato, un pensiero che lo incuriosiva.

Lo avrebbero invidiato?

Desiderare la femmina avvolta intorno a lui come se fosse la sua unica ragione di esistere?

Un'idea intrigante. Avrebbe dovuto indagare su quell'aspetto più tardi, dopo essersi tolto un po' il peso... Sempre se fosse stato possibile.

La adagiò sul letto: il piumone che incorniciava l'ammaliatrice nuda in un mare di nero. Lei lo guardava con il desiderio che le brillava negli occhi azzurri, le labbra gonfie incise dalla prova del loro bacio.

Era lo spettacolo più bello che Gabriel avesse mai visto. Persino più stupefacente di tutti i colori del consiglio.

Clara non aveva bisogno di ali per perfezionare la propria forma. Era splendida anche senza piume. Gabriel voleva adorarla con la lingua, mordicchiare ogni centimetro di quella pelle cremosa. Ma l'attenzione andò ai seni, alle punte rosee che stavano sull'attenti e lo imploravano di essere baciate.

Il sangue gli si scaldò al pensiero, mentre un dolore estraneo all'inguine gli diceva di cominciare da lì.

Si tirò la camicia sopra la testa e si sbottonò i pantaloni per dare un po' di respiro all'eccitazione che pulsava. Dopodiché si tolse le scarpe e strisciò su di lei, le sfiorò con la bocca la pelle elastica, prima di posarsi sul capezzolo eretto.

Clara sospirò in risposta, intrecciandogli le dita sottili tra i capelli per tenerlo contro di sé. Lui lo prese come un segno di approvazione e leccò la punta a suo piacimento prima di affondare i denti nella curva del seno.

Lei urlò in risposta, un suono di estasi misto a dolore e prese a tremare violentemente sotto di lui.

Gabriel si rese conto che si trattava di un *orgasmo* e si tese al pensiero.

Non aveva mai visto una donna lasciarsi andare in quel modo.

Certo, i suoi precedenti incontri avevano provato piacere. Ma Clara assomigliava a una dea in preda alla passione, con l'espressione smaltata dal bisogno di saperne di più.

La sentì inumidirgli i pantaloni, le cosce aperte gli si muovevano sui fianchi.

Che sapore ha? Si chiese Gabriel, il profumo dell'eccitazione di lei era dolce nell'aria. C'era solo un modo per scoprirlo.

Baciò il segno del morso sul seno e si avventurò verso il basso mentre leccava e mordicchiava. Lei gli strinse i capelli e il suo corpo si inarcò sul letto, mentre lui le si sistemava tra le cosce.

"Hai un odore tutto da mangiare," le sussurrò contro la carne umida, la bocca assetata di lei. "Potrei non fermarmi mai, Clara."

Lei vibrò in risposta, un grido le separò le belle

labbra mentre lui le faceva scorrere la lingua lungo le pieghe delicate. *Maledizione*. Aveva un sapore migliore di quanto Gabriel immaginasse. Con il sangue di lei ancora caldo sulla lingua, il Seraphim si abbandonò al mix di sapori.

Dolce.

Intenso.

Coinvolgente.

"Gabriel." Le fusa che sottolineavano il suo nome lo fecero irrigidire ancora di più nei jeans. Non si era mai reso conto di quanto fossero stretti quei pantaloni fino a quel momento, la cerniera gli premeva dolorosamente contro, ma lo sopportò per un'altra lunga leccata.

Davvero. Dannatamente. Buona.

Lei rabbrividì, le gambe gli si strinsero intorno per incoraggiarlo a continuare. Lui le trovò il clitoride e lo succhiò in bocca, lo sguardo rivolto al viso di lei mentre osservava le sue reazioni.

Quando applicava una maggiore pressione, la pelle le si arrossava per l'eccitazione e il suo desiderio riscaldava l'aria. Se lui allentava l'aspirazione, lei rabbrividiva e ciò le provocava un accenno di tormento che attraversava anche la capacità empatica presa in prestito.

Affascinante.

Ogni azione suscitava una nuova reazione. Una che lui leggeva con facilità grazie all'essenza di lei che si mescolava alla propria.

Era molto meglio dei colori e della vivacità del mondo dei Seraphim.

Perché gli *piaceva* farglielo. Il piacere di lei aumentava quello di lui, intensificava il momento e lo portava ad altezze che non si sarebbe mai aspettato di sperimentare.

Perché aveva evitato tutto ciò per tutta la vita?

Perché i Seraphim avevano scelto di non sperimentare un fenomeno simile?

Gabriel si meravigliò della complessità di tutto quanto, della combinazione di elettricità che gli scorreva nel sangue e del vortice che le si formava nel basso ventre. L'inguine gli doleva per il bisogno di libertà, i pantaloni gli facevano male e lo costrinsero a togliersi i jeans.

Gli rimasero i boxer, il cotone gli dava abbastanza elasticità da permettergli di continuare ad assaporare il sapore di Clara. Lei si contorceva sotto la bocca di lui, il suo corpo era teso mentre rasentava l'orlo di un altro orgasmo.

Le prese il bocciolo gonfio tra i denti e la costrinse a lasciarsi andare di nuovo, il suo urlo era come un canto di sirena per le orecchie di Gabriel.

Piccola strega, pensò, affascinato dallo spettacolo che si svolgeva davanti a lui.

Lei si contorceva, l'orgasmo era un'ondata magistrale che minacciava di trascinarlo sotto di sé, nonostante l'uccello non fosse affatto vicino a quel dolce calore. Lui gemeva, il desiderio di lei stava salendo a un livello tale da costringerlo a togliersi i boxer e a palparsi l'asta dolorante.

Si sentì violento.

Folle.

Furioso per aver perso il controllo.

Ed essersi completamente abbandonato alle richieste del corpo.

Aveva bisogno di una liberazione. Di venire. Di sentire le pareti umide di lei che gli ricoprivano la pelle.

"Clara." Pronunciò il suo nome come una supplica, con un tono roco che non aveva mai sentito prima. Non sapeva come muoversi, come respirare, come fare un bel niente, se non toccarsi con movimenti bruschi e veloci.

Lei lo toccò con la mano e gli parlò in toni morbidi, come una carezza ipnotica che lo calmò. "Ti voglio dentro di me, Gabriel."

Maledizione, anche lui lo voleva. Più di qualsiasi altra cosa nella vita.

Tutte le responsabilità e i voti gli sfuggirono dalla mente, sostituiti unicamente dallo scopo di avere quella donna. Ne era consumato. Rapito. Distrutto. Rinacque come un uomo nuovo. Uno che viveva di passione e di sesso.

Non riusciva a ricordare perché o come fossero arrivati a quel punto, né gli interessava. Desiderava solo lei. Quell'appagamento.

Lei allargò le gambe, il suo centro umido era un

invito che Gabriel non poteva rifiutare. Si accarezzò ancora una volta, con la mano di lei ancora sulla sua, poi si inginocchiò per posizionarsi tra le cosce di lei.

Il paradiso gli baciò la testa pulsante dell'uccello, l'apertura scivolosa era un abbraccio accogliente che lo accolse con una sola spinta. Un suono strozzato gli sfuggì dalla gola, la gratificazione di scivolare dentro di lei lo privò della capacità di ragionare.

Lui esisteva e basta.

Un essere di lussuria.

Guidato da brame immorali e desideri depravati.

Gli passarono per la testa un milione di idee tutte insieme, una più sporca dell'altra. Voleva dominare quella donna. Riempirla con la sua essenza. Farla bere da lui. Segnare la sua stessa anima. E rifare tutto, ancora e ancora, finché non fossero diventate creature senza cervello, così piene di sensazioni da non potersi muovere.

Si mise a spingere dentro di lei e le provocò un brusco ansimare dalla bocca.

Ancora.

Spinse più forte e lei rispose affondandogli le unghie lungo le braccia.

Sì.

Lui le sfiorò la guancia e la baciò, mentre la mano opposta andava sul fianco per guidare i loro movimenti. Lei gli fece scivolare la lingua in bocca e lo provocò in una danza intima che fu ricambiata con entusiasmo.

Lei gemette.

Lui ansimò.

Lei gridò.

Lui ringhiò.

Era una miscela di suoni animaleschi che lo spingeva ad andare avanti, costretto ad accelerare, fino a raggiungere un ritmo quasi brutale che lei accettò senza riserve.

Il sudore gli bagnava la pelle ed aumentava la ferocia del loro accoppiamento. Erano completamente persi l'uno nell'altra, e nell'empatia che aleggiava tra loro. Gabriel ne godeva e si lasciava andare a ogni centimetro dell'asta che pulsava mentre pompava sotto di sé.

Le vene fremevano di vitalità e lo fecero tremare per l'imminente oblio. Voleva sentirlo. Aveva bisogno di sperimentare il climax che lo attendeva. Desiderava capire finalmente cosa gli era mancato per tutta la vita.

Lo sentì crescere, il basso ventre si accese di una fiamma che gli bruciò le viscere.

"Cavolo," respirò con la bocca contro quella di lei, i loro gemiti si mescolarono fino a diventare una cosa sola.

Clara gli sfiorò la guancia fino all'orecchio. "Più veloce," gli chiese.

Quelle parole alimentarono il fuoco dentro di lui e lo costrinsero ad agire, mentre i denti gli sfioravano il collo. Gli succhiò la pelle in quel punto e gli strappò un gemito dalla gola. Gabriel voleva più di quel baciare, soprattutto intorno all'uccello.

No, voleva sentire le labbra di lei ovunque. Voleva guardare la lingua che gli leccava un sentiero lungo l'addome, fino all'inguine. Poi lei avrebbe avvolto le labbra intorno a lui e lo avrebbe succhiato fino a completarlo e fino a ingoiare ogni goccia.

Gabriel stava per venire solo al pensiero, ma una parte di lui voleva che si unissero, che condividessero l'oblio di quella scopata.

Fece scivolare la mano tra di loro, il pollice trovò il clitoride e applicò lo stesso tipo di pressione che aveva esercitato prima con la lingua. Lei si agitò sotto di lui, con un respiro caldo contro la gola.

Lui le baciò il collo, poi le leccò il sangue rimasto sulla pelle. "Gabriel," sussurrò lei. "Io... ho *bisogno*…"

"Qualunque cosa tu voglia, te la darò," le promise mentre accelerava e leggeva la sua risposta attraverso il nuovo senso di empatia.

Lei era il calore personificato, la sua aura era una coltre di calore che gli baciava la pelle e gli faceva flettere i muscoli fino a fargli quasi male. Maledizione, aveva bisogno di esplodere, subito. Era troppo da trattenere, il torrente di sensazioni vorticava dentro di lui e cercava di liberarsi.

Clara gli perforò la pelle con gli incisivi, fino a farlo precipitare nel baratro dell'oblio senza speranza di ritorno. Gabriel non era mai stato morso prima. C'era una ragione, che non riusciva a identificare per l'ondata di sensazioni che lo annegavano in un oceano di estasi.

Solo che stava nuotando da solo e non poteva accettarlo. Si rifiutava di soffocare nelle sensazioni senza di lei.

Ricambiò il morso e Clara fu costretta a unirsi a lui nel delirio, una strana sorta di connessione scattò e li fece precipitare entrambi nel profondo, sotto l'ondata euforica di piacevole follia.

Gabriel svuotò la propria essenza dentro di lei, che lo strinse con le pareti viscide e lo svuotò della sua vita e del suo scopo, unendo i loro spiriti.

Gabriel non si era mai sentito tanto vicino a un'altra persona.

Tanto... *legato*.

Aprì gli occhi di scatto e liberò la bocca dal collo di lei. "Dannazione!" Cercò di liberarla, di uscire dal corpo della ragazza, ma il danno era già fatto, come dimostrava il sangue sulla bocca.

Clara gli strappò la pelle con i denti a causa dello scatto improvviso, ma non riuscì a sentire il dolore di quel morso, poiché era stato superato dalla realtà di ciò che avevano appena fatto.

Un legame di sangue.

GABRIEL

Un. Incredibile. Legame. Di sangue.

Le parole gli ruggirono nei pensieri, il corpo era ancora in preda agli spasmi dopo la loro unione e la mente era persa in una serie di sensazioni che non riusciva a combattere o a ignorare.

Percepì la confusione di lei. La sua gratificazione. E il suo bisogno di saperne di più.

Un bisogno che si ampliò in lui, il desiderio di scoparla di nuovo prese il sopravvento sui sensi e lo fece pulsare di nuovo dentro di lei.

Era una spirale violenta. Un miscuglio pericoloso. Un incantesimo che Gabriel non poteva combattere.

Nessuno dei suoi addestramenti da guerriero lo aveva preparato a quello.

Lei lo aveva incantato con il sangue, lo aveva stregato in quella follia emotiva e lo aveva intrappolato con un morso.

Non c'era modo di tornare indietro.

Solo avanti.

Perché ucciderla non era più un'opzione. Con il suo sangue dentro di lei, avrebbe iniziato a trasformarsi in una Seraphim. Sarebbe diventata la sua compagna destinata.

Gabriel poteva già immaginare il futuro di Clara, la schiena decorata di piume giallo pallido dalla punta rossa. Il giallo avrebbe accompagnato il colore dei capelli, mentre la sfumatura rossa si sarebbe adattata alle ali di lui, come riflesso del loro legame.

Rabbrividì al pensiero, il suo destino si era deformato in un secondo.

L'uccello gli pulsava ancora, lo implorava di scopare e lo esortava a concedere alla compagna la soddisfazione che entrambi desideravano.

Non amava quella donna, ma la desiderava e il sentimento era reciproco.

Perché con il suo sangue, Clara manteneva la sua empatia, forse a tempo indeterminato.

Maledizione. Non andava bene. Ormai non lo avrebbe salvato nemmeno un secolo di riforma dei Seraphim. Gli avrebbero tolto le ali come punizione? Lui l'avrebbe permesso?

"Gabriel?" gli sussurrò Clara.

Fu allora che si rese conto che lei era rimasta completamente immobile sotto di lui, la sua eccitazione era un profumo persistente che non le sovrastava più la capacità di pensare. Gabriel poteva *sentirla* e le parole della sua mente erano piene di preoccupazioni.

Perché anche lei lo poteva udire. Aveva sentito i suoi pensieri di ucciderla, aveva visto la sua intenzione iniziale di eliminarla, se si fosse dimostrata inutile per la sua impresa. Invece di sistemarlo, Clara lo aveva semplicemente demolito.

Lui le nascose il viso nel collo, incerto su cosa fare.

Lei rispose avvolgendo le delicate braccia intorno a lui. Lo strinse a sé. Gli offrì conforto. Un gesto che nessuno aveva mai cercato di fare in presenza del Seraphim.

Soprattutto perché tutti sapevano che era meglio non farlo.

Tuttavia, Clara era diversa.

Dichiarava di preferire le azioni alle parole, e lo dimostrava in quel momento mentre continuava a stringerlo, anche se la mente di lui si ribellava a quella stretta.

Voleva strozzarla.

Poi scoparla.

Poi strozzarla di nuovo.

Gabriel cominciò a tremare per l'agitazione, la sua natura pratica lottava con la nuova affinità per le emozioni.

Si sentiva perso. Distrutto. Annientato dal più insospettabile degli esseri.

Una donna dai morbidi riccioli biondi e un viso disegnato dal cielo.

Si appoggiò con i gomiti ai lati della testa di lei e la fissò mentre gli teneva le braccia intorno.

Nessuna parola.

Solo uno sguardo.

Nei suoi begli occhi blu brillava la comprensione. Clara sapeva che erano legati, ma non ne sembrava affatto turbata.

"Mi hai incantato, piccola strega," le disse lui,con voce dolce ,nonostante l'accusa.

Lei spostò la presa e posò delicatamente un palmo sulla guancia di lui. "Mi hai salvata, angelo custode."

L'affermazione era completamente in contrasto con ciò che lui aveva detto, tanto da fargli chiedere se l'avesse sentito. O forse si stavano solo confessando.

Quella donna aveva messo il suo mondo sottosopra e lui la odiava per averlo fatto. Tuttavia, si rendeva anche conto che erano state le sue stesse azioni a spingerli verso quella fine.

Aveva preso lui il sangue di lei per primo.

L'aveva riportata di nuovo nella cella.

Aveva accettato di morderla.

Poi si era perso nelle conseguenze.

A quel punto poteva leggerle nell'aura che lei non si era resa conto dell'effetto che avrebbe avuto il morso, eppure non se ne era pentita. Aveva voluto nutrirsi per ricaricare il suo spirito Ichoriano, e aveva più che soddisfatto la richiesta.

Con il sangue di Gabriel dentro di lei, non avrebbe mai più dovuto bere sangue umano.

Si sollevò per baciarlo, le labbra morbide contro quelle di lui. *Andrà tutto bene*, sembrò dire. *Troveremo una soluzione.*

Lui era impotente di fronte alle azioni di lei e ricambiò l'abbraccio, perché gli sembrava giusto, non perché avesse un senso logico.

Lei gli aveva demolito tutto l'addestramento. Gli aveva riprogrammato la mente. Incantato l'anima.

"Come fai a non essere terrorizzata?" le chiese, sbalordito dalla sua facilità di accettazione. "Ti sei appena legata a un Seraphim guerriero. Per l'eternità."

"Ci sono destini peggiori," sussurrò lei.

"Non puoi saperlo."

"Invece lo so," ribatté lei.

"È un'unione senza amore," continuò lui. "Non sarò mai capace di darti qualcosa di più della lussuria."

Lei avrebbe potuto distruggere la capacità di provare emozioni di lui, ma Gabriel era certo di non poter imparare ad amare. Soprattutto perché si erano incatenati l'uno all'altra per errore.

È più probabile che lei lo odi, invece di amarlo. In fondo non volevano un simile sentimento. Non era obbligatorio per il legame. Ma nessuno dei due avrebbe mai più potuto concedersi sessualmente a un'altra persona.

Significava che lui sarebbe diventato la sua ancora di salvezza per il conforto.

E lei sarebbe stata l'unica in grado di fargli provare l'estasi.

Quell'ultimo aspetto non lo preoccupava. Erano decenni che non lo faceva. Sicuramente poteva astenersi di nuovo.

Solo che la sua erezione granitica diceva il contrario. Perché anche in quel momento, nella serietà dell'emozione, voleva solo spingersi dentro di lei e farli cadere entrambi nell'oblio ancora una volta. Un'idea del tutto irrealizzabile, che Gabriel continuava a prendere in considerazione nonostante i sensi chiedessero il contrario.

Lei sollevò i fianchi. "Accetto la lussuria."

"Non stai ragionando con lucidità."

"Neanche tu," gli rispose mentre spostava le gambe intorno a lui e lo chiudeva in profondità dentro di sé. "Non voglio pensare, solo sentire."

Un'affermazione che andava contro tutto ciò che era Gabriel.

E che parlava alla sua anima appena distrutta.

Perché avrebbe potuto fare esattamente quello: sentire invece di pensare.

Legato a lei, poteva provare emozioni di piacere e dimenticare la realtà della situazione. Solo per un momento.

Sarebbe riapparsa al mattino, quando si sarebbero svegliati.

L'avrebbe risolta allora.

Sì, gli piaceva quella nuova risolutezza. Quella capacità di esistere semplicemente senza alcuna ripercussione. Prima o poi le avrebbero dovute affrontare. Per il momento, con il calore di lei che gli avvolgeva l'eccitazione pulsante, preferiva abbandonarsi alle sensazioni piuttosto che preoccuparsi del risultato.

Quel che è fatto è fatto, pensò lui.

Scopami, rispose Clara, con un tono sensuale che lo costrinse a dedicarle tutta l'attenzione.

Acconsentì e si mosse dentro di lei. *Aggrappati a me, piccola strega. Ti insegnerò a volare.*

E lo fece, volarono nel cielo scuro, per introdurla alla loro nuova vita di Seraphim legati.

Lei venne tra le nuvole, la sua essenza era una droga che lui si concesse più e più volte. Clara ricambiò il favore e lo introdusse in un mondo completamente nuovo fatto di insaziabilità.

Continuarono fino all'alba, non tornarono a letto finché non furono sazi e bisognosi di riposo.

Poi lui si svegliò con il membro nella bocca di lei e il vortice ricominciò da capo, con la piccola strega che aveva preso il sopravvento sulle inclinazioni ragionevoli.

Si trasformò in una fiera del sesso.

Lei prese i decenni di insoddisfazione di lui e ribaltò ogni esperienza. Quasi come se stessero recuperando il tempo perduto.

Lui la memorizzò con la bocca.

Lei gli leccava ogni muscolo del corpo.

Si nutrivano l'uno dell'altra, vivevano solo di sesso e di piacere.

Finché non fu di nuovo buio. Alla fine lui li costrinse a fermarsi, con lo stomaco in subbuglio per il bisogno di cibo; non ricordava gli fosse mai successa prima di allora, ma avevano speso talmente tanta energia l'uno per l'altra che aveva esaurito tutte le riserve.

"Pensavo che i Seraphim potessero sopportare quasi tutto," gli mormorò Clara mentre si infilava un paio di pantaloncini.

"Pensavo che non sapessi nulla sui Seraphim."

"Conosco solo le leggende, che siete esseri impenetrabili e probabilmente non esistete."

Lui sbuffò e le lanciò un'occhiata da sopra la spalla muscolosa. "Esisto, Clara?"

Gli occhi azzurri di lei gli danzarono sul busto. "Penso di sì, ma forse dovresti toccarmi di nuovo per confermarlo."

"Se lo faccio, finiremo per scopare. Di nuovo."

"E che peccato sarebbe," biascicò lei mentre si allungava e si sdraiava sulle lenzuola.

"Anche tu hai fame," le ricordò lui, che percepì la sua debolezza.

"Di te."

Le labbra di Gabriel quasi si contrassero. *Sono divertito*, si rese conto, mentre scuoteva la testa. *Perché è divertente?*

Il cibo. Aveva bisogno di cibo. Poi avrebbero potuto... fare qualcosa.

Probabilmente avrebbero fatto di nuovo sesso.

Preferiva quello, piuttosto che pensare alle conseguenze della situazione.

Cercò nel cassetto e prese un paio di boxer e una canottiera da farle indossare. "Ordinerò qualcosa da asporto," le disse.

Lei accettò i vestiti ma li posò accanto a sé sul letto.

"Posso preparare io da mangiare."

"Non ho niente in casa," le rispose.

"Oh, se ci facciamo portare gli ingredienti posso cucinare qualcosa…"

Lui ci pensò. "Che cosa vuoi preparare?"

"Tutto quello che vuoi."

"Di solito mangio proteine e verdure." Non si era *mai* concesso ai sapori, ma visto tutto quello che era successo, poteva anche pensare di cambiare ormai. "Ha un piatto preferito?"

"Ne ho diversi."

"Quale vorresti preparare?"

Lei si morse il labbro mentre rifletteva. "Posso farti una sorpresa?"

Lui sbatté le palpebre. "Perché?"

"Perché mi va," ribatté lei, con le guance colorate di una bella tonalità di rosa. "Per favore?"

Lui le posò lo sguardo sulla bocca. "Mi succhierai di nuovo l'uccello, più tardi?"

Il rosa delle guance di Clara si trasformò in una profonda tonalità di rosso. "Sì."

Lui alzò le spalle. "Allora puoi fare quello che

vuoi." Gabriel andò nel suo ufficio, che tecnicamente era una seconda camera da letto, e trovò un tablet dove lei avrebbe potuto ordinare online. Poi lo riportò a letto. Era ancora rossa in viso. "Ti ho messo in imbarazzo con la mia schiettezza?" si chiese ad alta voce lui mentre cercava di capire cosa significasse quella reazione.

Lei gli prese il tablet. "Non esattamente."

"Allora perché sei arrossita?"

Clara sbatté le lunghe ciglia bionde mentre lo guardava. "Perché ora vorrei succhiarti come antipasto."

A quell'affermazione gli si indurì l'uccello immediatamente e si ammutolì. Il suo corpo non aveva mai reagito in quel modo, ma il solo accenno alle dolci labbra di lei che gli avvolgevano l'asta lo fece gemere di piacere.

Lei sorrise prima di abbassare lo sguardo sullo schermo. "Devi sbloccarlo."

Fece quello che le aveva chiesto con un colpo di dita, senza ancora riuscire a parlare. Tutto dentro di lui ronzava nell'attesa di commettere un'altra dozzina di peccati con la donna ancora nuda nel suo letto. Clara aveva risvegliato una bestia dentro di lui che desiderava di più.

E ancora di più.

E ancora.

Maledizione.

Si passò una mano sul viso e uscì dalla stanza per cercare il telefono. Aveva bisogno di una distrazione pratica, qualcosa che gli ricordasse il proprio scopo nella vita.

Tuttavia, il legame che gli rimestava le interiora indicava il suo *nuovo* scopo.

Fermati, le ordinò.

Non vuoi che ordini? gli rispose Clara con la mente, Gabriel accoglieva fin troppo volentieri quei toni morbidi.

Sono fregato.

Non capisco.

Sto parlando da solo.

Oh. Clara fece una pausa. *Dovrei smettere di ordinare?*

No, continua. Fammi sapere quando ti serve una carta per pagare. Aveva salvato tutte le informazioni sul tablet, ma per usarle sarebbe stata necessaria una password.

Lei non rispose, ma la sua soddisfazione si irradiava dall'altra stanza. O forse era attraverso la loro connessione. Gabriel non riusciva più a capirlo, perché era tutto collegato.

Imprecò sottovoce e si concentrò a cercare il telefono, poi si ricordò di averlo lasciato nei jeans, che erano in camera da letto.

Alzò gli occhi al cielo prima di riuscire a fermarli. Piuttosto che tentare di sistemare le proprie espressioni, si precipitò nell'altra stanza per recuperare i jeans.

Clara sussultò al suo arrivo e spalancò gli occhi azzurri.

"Cosa?" le chiese mentre si chinava per recuperare i pantaloni.

"Le tue ali!" esclamò lei.

Lui alzò un sopracciglio, un altro problema facciale che aveva scelto di ignorare, ma che aveva assolutamente notato, poi si rese conto di essere ancora nello stato etereo. "Oh, giusto."

Non le aveva notate la sera prima, quando l'aveva portata in cielo? Forse era troppo buio. Con le nuvole che coprivano la luce della luna, non si potevano vedere bene i colori, ma in quel momento sì, sotto la scarsa illuminazione della stanza.

Posò il tablet e si avvicinò a lui, che teneva i jeans tra loro come uno scudo e con la mano stringeva il telefono nella tasca, finché lei si fermò davanti a lui. "Posso... toccarle?"

Non gli era mai stato chiesto.

Non era una cosa che un Seraphim avrebbe mai pensato di fare.

Tuttavia, poiché con quella donna aveva infranto praticamente ogni barriera, non vedeva niente di male nel permetterle di infrangerne un'altra. "Sì."

GABRIEL

A Clara scintillarono gli occhi azzurri per l'entusiasmo mentre allungava il dito per accarezzare il bordo delle piume rosse. Fu avvolta da un'emozione calda, e il tepore lo colmò di una sorta di luce che gli accese il petto.

Felicità, pensò Gabriel.

Orgoglio, lo corresse lei. *Ma è spesso legato alla felicità.*

"Come fai a capire la differenza?" chiese lui a voce alta.

"Con l'esperienza," mormorò Clara mentre gli accarezzava le piume. "Imparerai." Fece un'espressione quasi sognante che portò leggerezza nell'aria.

"E tu che cosa provi?"

"Mi sento felice," gli sussurrò. "Ma anche al sicuro." I loro occhi si incontrarono. "Gabriel, le tue ali sono bellissime."

"Le hai già viste ieri sera."

"Ero troppo persa nelle emozioni per notarle. Non succede tutti i giorni che un angelo mi porti tra le nuvole per una dozzina di orgasmi." Smise di toccarlo e le piume in risposta si ripiegarono, irritate per l'improvvisa assenza di calore.

"Mi hai distrutto, piccola strega," le disse.

"Non sono una strega."

"Allora sei il mio angelo custode."

L'aveva affermato lei un paio di volte. La cosa non lo disturbava. "Mia madre viene dalla stirpe dei messaggeri, quindi suppongo sia appropriato."

"Stirpe dei messaggeri?"

"Sì. Io appartengo alla stirpe dei messaggeri e dei guerrieri."

"Non so cosa significhi," ammise lei. Quel fatto non lo sorprese, vista la mancanza di conoscenze generali sulla sua specie. La loro esistenza era un segreto ben custodito, anche nei confronti degli altri immortali.

"Dovrò insegnarti le leggi dei Seraphim," decise Gabriel ad alta voce.

"Così come io dovrò insegnarti a gestire le emozioni," gli rispose lei.

Le labbra di Gabriel quasi si arricciarono di nuovo, ma lui si oppose. "Un accordo pratico. Accetto."

Le brillarono gli occhi. "Non vedo l'ora di imparare di più."

"Potresti pentirti di questa affermazione, quando inizierò il percorso." Ahimè, la comprensione del suo mondo sarebbe stata necessaria per la sopravvivenza di Clara.

A meno che il Consiglio non decidesse di sterminarla.

A quel pensiero Gabriel si corrucciò. *Possono ucciderla?* Si chiese. *È suscettibile alla morte in questo stato intermedio?*

I legami di sangue erano così rari che non ne era sicuro.

Sethios e la madre di Gabriel non erano dei buoni giudici per quanto riguardava gli stadi di sviluppo dei legami, poiché entrambi possedevano già la genetica dei Seraphim.

Ma Clara no.

Ciò indeboliva la sua immortalità?

Una volta seguiti i pensieri di lui, la luce negli occhi le sparì. *Chi mi potrebbe uccidere?* gli chiese.

L'Alto Consiglio di Seraph.

La ragazza impallidì di colpo. *Perché mi dovrebbero uccidere?*

Per il nostro legame, le rispose lui. *Sei considerata un abominio per la mia specie. Il legame che ho creato con te è praticamente un crimine, per i Seraphim.*

Uccideranno anche te?

Io sono immortale, le rispose. *Ma potrebbero provare a togliermi le ali.* Gabriel aveva scoperto da poco che quella era una punizione riservata alla sua specie.

Lo avevano fatto a Skye, e con buone probabilità avrebbero potuto considerare di farlo anche a lui, dopo tutto quello che aveva combinato negli ultimi anni.

Naturalmente, prima avrebbero dovuto catturarlo.

E lui non lo avrebbe reso un compito facile per nessuno di loro.

Clara gli strinse la camicia. "Potrei morire... per questo?" Le uscì una nuova emozione, che lui non aveva ancora percepito.

La paura, riconobbe, gli occhi di lei si allargarono mentre le nocche diventavano bianche.

"Sì, è possibile che chiedano la tua morte," rispose lui con fermezza.

Lei cominciò a tremare. Lui la afferrò con il braccio mentre le cedevano le ginocchia e piegò le labbra verso il basso alla vista del terrore di lei.

Non era una reazione utile.

Né gli piaceva.

La accompagnò a letto e la aiutò a sedersi, poi posò il telefono sul comodino. "Clara?"

In quel momento stava fissando il vuoto e il suo viso era pallidissimo.

"Clara?" la chiamò di nuovo.

Non ci fu alcuna risposta.

Lei se ne stava semplicemente seduta lì, con le dita intrecciate e gli occhi vuoti. Ma la sua mente era colma di pensieri, lui ne catturava alcuni mentre apparivano nella testa di lei.

Alcuni erano fatti di rabbia. Altri di terrore. Altri ancora di rassegnazione.

Un pensiero si rimestava nel rimorso, ma lo allontanò velocemente a favore della rassegnazione. Clara aveva preferito l'esperienza che avevano condiviso alla sua stessa vita, un fatto che lo allarmò perché non aveva alcun senso logico.

"Come puoi pensarlo?" le chiese. "Ci conosciamo appena. La tua vita vale sicuramente più del nostro legame."

"Davvero?" gli chiese lei, con gli occhi ancora sfocati. "Sai perché sono stata trasformata?"

"No." Sapeva solo che l'aveva creata Aidan. Non aveva mai indagato sul motivo, perché non era rilevante.

"Per Issac," gli disse lei. "Aidan mi ha trasformata come regalo per un altro uomo." Fece una piccola risata e scosse la testa. "Non mi ha mai chiesto il permesso. Ha solo pensato che volessi l'immortalità e mi ha consegnato come se fossi un glorioso regalo. L'unico motivo per cui non l'ho odiato è che potevo percepire la ragione che c'era dietro: l'amore."

Gabriel la studiò. "La stai paragonando al nostro caso, in cui ti sei trasformata in un Seraphim senza permesso?" le domandò senza capire il motivo della storia.

"No. Sto cercando di spiegare perché questa esperienza per me ha un valore, perché l'ho più o meno scelta."

Quella razionalità non aveva senso. "Mi hai morso senza capirne le conseguenze."

"È vero, ma credo che lo rifarei anche se le sapessi."

Gabriel sgranò gli occhi. "Sceglieresti di legarti a un Seraphim che conosci appena?"

"Se significa sentire un legame con qualcuno anche solo per cinque minuti della mia vita, allora sì."

"Non... non sono sicuro di capire. Stai dicendo che non hai legami?" Sembrava assurdo. Aidan l'aveva creata. Il loro non era forse un legame di qualche tipo?

"Quanti anni hai, Gabriel?" gli chiese lei.

"Quasi sei decenni," le rispose lentamente, non capiva bene perché avesse cambiato argomento all'improvviso, ma a quel punto era curioso di sapere anche la sua, di età. "Tu?"

"Novantatré anni," rispose. "La mia famiglia morì di influenza quando ne avevo sette. Sono l'unica sopravvissuta e sono cresciuta in un orfanotrofio a Vancouver. Così ho imparato a stare da sola fin da piccola. Avevo solo diciannove anni quando ho incontrato Aidan. Mi ha trovata per strada, ci finiscono molte ragazze nella mia situazione... e dopo pochi giorni mi ha trasformata."

"E si è creato un legame tra voi due," commentò Gabriel.

"In un certo senso, sì. Ma vedi, ho sempre avuto

il dono di leggere le emozioni. Quando sono diventata un'Ichoriana, questo talento si è trasformato in una capacità soprannaturale. Così, sono sempre stata in sintonia con le emozioni di coloro che mi circondavano. Potevo vedere i loro legami familiari e nessuno di loro si ricollegava a me."

Descrisse un'esistenza piuttosto solitaria, ma comunque aveva un legame con il creatore. "Sono sicura che Aidan si preoccupava per te, in qualche modo."

"Oh sì," gli rispose lei. "Ma non mi ha mai amata. E nemmeno Anya o Nadia. O Issac. O Tristan. E nemmeno B o Luc. In un certo senso siamo una famiglia, ma non dove conta, dettaglio diventato astutamente ovvio quando hanno creduto tutti così facilmente che io fossi colpevole. Come ti ho detto, per me contano le azioni, non le parole."

"Io non ti amo," le disse lui, che sentì il bisogno di chiarire. "Il nostro legame è di sangue, non di cuore."

"Lo so."

"Eppure lo sceglieresti lo stesso?" Non riusciva a capire la logica della ragazza. "Perché?"

"Perché è un legame che posso sentire," disse lei dolcemente. "E mi sono sempre chiesta come sarebbe stato sperimentarlo." Il suo sorriso era triste. "Non mi aspetto che tu capisca, Gabriel. So che non c'è amore tra noi, lo sento anche io, ma sono stata sola per così tanto tempo che a questo punto potrei accettare praticamente tutto."

"È un ragionamento molto triste," la informò lui. "Non vivi nemmeno da un secolo e ci siamo appena legati l'uno all'altra per l'eternità."

"Un'eternità che come hai appena detto, potrebbe non verificarsi a causa del tuo Consiglio." Clara recuperò il tablet. "Come ho detto, anche se è temporaneo, per me valeva la pena provare la sensazione di appartenere a qualcosa, nonostante sia successo per caso." Gli porse il dispositivo. "Puoi sbloccarlo, così posso finire l'ordine?"

Lui passò il dito sullo schermo. "Non sei affatto preoccupata per il Consiglio o per la tua potenziale morte?"

"Preoccuparsi non fa altro che sprecare una vita preziosa," ribatté lei mentre si concentrava sullo schermo per continuare l'ordine. "Inoltre, ho imparato molto tempo fa a non rimuginare su situazioni su cui non ho alcun controllo."

Quello... era piuttosto pratico.

Il resto invece, lo lasciava perplesso.

Preferiva legarsi a lui piuttosto che vivere da sola.

Una decisione bizzarra, di cui sospettava che si sarebbe pentita una volta superato lo shock. Ma non percepì alcuna sorpresa da parte di lei, solo un calore soddisfatto mentre scorreva la lista della spesa.

Forse era davvero distrutta, dopotutto.

O solo gravemente danneggiata.

"Se il Consiglio decide di punirci ho intenzione di lottare," le disse.

"Va bene."

"Combatterai anche tu o lascerai che ti prendano?"

Clara allontanò gli occhi blu dallo schermo per guardarlo. "L'empatia non è molto utile in una battaglia. Può essere utilizzata solo per determinare le vere intenzioni di una persona e offrire una possibilità di agire in anticipo invece di reagire e basta."

Era una constatazione corretta. Ma... "Questo non risponde alla mia domanda."

"Invece sì," gli rispose lei mentre abbassava di nuovo lo sguardo sul tablet. "Gli empatici non combattono."

"Quindi lascerai che ti prendano?"

"Non gli permetterò di fare niente, Gabriel." Scrisse qualche parola sullo schermo e poi lo passò a lui. "Sono pronta per pagare."

Il Seraphim completò velocemente il pagamento e poi mise il tablet sul comodino di fianco al cellulare. "O combatti o ti prenderanno."

"O mi nascondo," ribatté lei. "Ma come ho detto, non mi voglio preoccupare per qualcosa che non posso cambiare. Quando arriverà il mio futuro lo affronterò, che riesca a sopravvivere o meno."

Un altro ragionamento razionale.

Quindi forse non era distrutta ma semplicemente... serena?

All'inizio era sotto shock. Come aveva fatto a superare quel sentimento così velocemente?

"Ho capito che non potevo fare niente per cambiare la situazione," gli rispose dolcemente. "Non sono distrutta, Gabriel. Sto solo cercando di non preoccuparmi di quello che non posso controllare. È davvero così difficile da capire?"

"Sì," le rispose lui. "Tutto quello che hai detto nell'ultima mezz'ora è difficile da elaborare. Non capisco i tuoi ragionamenti."

"Non tutti i ragionamenti richiedono una logica, alcuni arrivano dal cuore." Clara gli appoggiò le mani sul petto. "Considerala la prima lezione."

"Le emozioni non cambiano le decisioni dei Seraphim," replicò lui. "Anche tu considerala come una prima lezione."

Alzò le labbra in un sorriso compiaciuto. "Touché."

Invece di rispondere, Gabriel prese di nuovo il cellulare e si accorse di aver ricevuto un messaggio da parte di Ezekiel e Vera. "Lizzie ha partorito," lesse a Clara. "Il Consiglio sa dove si trova ma è protetta dalle guardie." Se lo aspettava. "Per nostra fortuna, questo significa che hanno concentrato i Destinati su Lizzie e non sul nostro legame."

Era un chiaro segno che il loro nuovo legame non era stato notato. In quel caso, voleva dire che non aveva priorità.

Il fatto che Ezekiel non ne aveva parlato indicava anche che Skye non se n'era accorta.

"I Destinati?" ripeté Clara . "Inoltre, grazie per l'aggiornamento su Lizzie. Stanno bene?"

"Sì, secondo Ezekiel stanno bene. I Destinati sono una stirpe di Seraphim che possono vedere il futuro. Il Consiglio li usa per guidare i decreti. Quindi, se non hanno previsto il nostro legame, non ci saranno conseguenze degne di nota. Almeno non ancora. Quindi è probabile che il Consiglio non ne sia stato informato." Mise di nuovo giù il telefono. "Questa è la seconda lezione."

Lei annuì, poi si spostò sulle ginocchia e i seni le ondeggiarono con il movimento. Era chiaro che la nudità non la preoccupava. A lui quella caratteristica non dispiaceva affatto.

"Allora ti devo una seconda lezione," gli disse lei.

La fronte di Gabriel fremeva per sollevarsi, ma lui la bloccò. Di nuovo. "Ti ascolto."

Lei sorrise con gli occhi e l'incantatrice uscì allo scoperto. "Azioni, non parole."

"Sì, conosco già questa lezione."

"No, voglio dire che preferisco insegnare con le azioni," si allungò verso i boxer di lui e infilò il dito nell'elastico per tirarlo verso il letto, "non con le parole."

Oh. "Quindi ora mi succhierai l'uccello?" le domandò lui.

"Sdraiati e scoprilo."

Non dovette ripeterglielo due volte. La spesa

non sarebbe arrivata prima di quaranta minuti e non avevano nient'altro da fare. Beh, a parte andare a casa di Ezekiel. L'ultimo messaggio chiedeva proprio quello, ma gli altri avrebbero potuto aspettare un po'.

La gratificazione prevalse sulla logica.

Una nuova lezione, decisamente.

CLARA

Clara guardò Gabriel ingoiare il primo boccone di manzo alla stroganoff, ma come al solito la sua espressione non rivelava nulla.

Tuttavia, percepì la soddisfazione del Seraphim grazie al loro vincolo. O meglio, *legame*, come lo aveva chiamato lui.

Clara lo sentiva ancorato dentro di lei, la legava all'esistenza di lui. Per qualche ragione la faceva sentire al sicuro e protetta, non terrorizzata o intrappolata.

Forse aveva ragione lui a dire che era un po" distrutta. Non aveva avuto una vita facile e di recente aveva perso l'unica persona con cui aveva avuto un vero legame, il suo Sire.

Anche se lei e Aidan non si erano mai amati, si erano presi cura l'uno dell'altra come una famiglia. A ogni modo, lei era sempre stata l'ultima della lista.

Non era un problema.

Era abituata a essere l'ultima.

Solo che non aveva mai previsto che trasformarsi in una situazione estrema come con gli Hydraiani.

Scacciò il dolore e tornò a concentrarsi su Gabriel, che portò di nuovo la forchetta alle labbra.

Era a tavola a torso nudo, con addosso solo di un paio di boxer e i capelli umidi dalla doccia. Ne aveva fatta una mentre lei cucinava. Poi si era nebulizzato lì, pronto a mangiare, non appena lei aveva tolto la padella dal fuoco.

A Clara formicolavano ancora le cosce per i due orgasmi che le aveva procurato dopo che gliel'aveva succhiato. Sembrava che al suo angelo custode piacesse il sesso orale.

Si chiese cosa ne pensasse di altre attività... *come il sesso anale*.

Lui lasciò cadere la forchetta e la guardò. "Proviamo anche questo?"

"È la lezione numero tre?" domandò lei.

Lui ci pensò, con la solita faccia seria. "Sì." Poi riprese a mangiare come se non avessero appena parlato di prenderla nel sedere.

Quell'uomo era un enigma. Niente lo turbava, eppure si aspettava che Clara reagisse alla notizia di una potenziale morte. Sì, all'inizio l'aveva turbata. Proprio come era successo con il legame, ma una volta che si era rassegnata a non avere alcun controllo, stava bene.

Una piccola parte di lei si fidava che lui la

tenesse al sicuro. Non che lo dicesse ad alta voce. Soprattutto perché sospettava che lui l'avrebbe negato.

"È soddisfacente," le disse dopo aver finito metà del piatto.

Lei sorrise e iniziò a mangiare, consapevole che quella *soddisfazione* probabilmente per lui era un complimento. Ci avrebbero lavorato su.

Beh, avrebbero lavorato su molto altro, dal momento che si che erano legati.

Al solo pensiero il calore le si diffuse nelle vene e l'"ancora invisibile dentro di lei si radicò in un modo che non aveva mai creduto possibile. Per tutta la vita era stata la seconda o la terza scelta di tutti e, pur sapendo che Gabriel non l'avrebbe mai amata, sentiva la sua lealtà persistere nel loro legame.

Non avrebbe mai accettato un'altra amante.

E nemmeno lei.

Si trattava di un impegno rapido, che poteva comportare un piccolo problema. "Come mi nutrirò?" gli chiese dopo aver ingoiato un saporito boccone di carne. "Di sangue, intendo."

"Se ne hai voglia, puoi prendere il mio."

"Sarà sufficiente per sostenermi?" Si sentiva ringiovanita e viva, dopo aver bevuto un po' della sua essenza la sera precedente, ma non era sicura di quanto sarebbe durata.

Lui la fissò per un attimo, poi un barlume di comprensione gli illuminò gli occhi verdi. "Non hai più bisogno di sangue umano. I Seraphim non si affidano all'essenza degli altri per sopravvivere. È solo una conseguenza della tua resurrezione."

Continuò con una lezione su Osiris e su come aveva creato tutti gli Ichoriani e gli Hydraiani con il suo sangue di Seraphim della Resurrezione.

Clara ne aveva sentito parlare dagli Anziani dopo la miracolosa guarigione di Stas, ma non ne aveva capito a fondo il significato. Nessuno le aveva mai detto nulla, aveva solo raccolto frammenti mentre ascoltava gli altri parlare. Era il risultato del suo potere indifeso, o forse pensava che fosse quello il motivo per cui veniva spesso trascurata. In ogni caso, apprezzò che Gabriel la aggiornasse sull'argomento.

"Quindi, ora che siamo legati, diventerò una Seraphim a tutti gli effetti," disse, già consapevole di quella possibilità, dopo aver ascoltato i pensieri di Gabriel. Tuttavia, dirlo ad alta voce, in qualche modo, lo rendeva più credibile.

"Sì, immagino che sia così. Issac, che non aveva nessun gene Seraphim, ha già mostrato segni della sua crescita eterea. Immagino che succederà anche a te, a partire dalla diminuzione del bisogno di sangue umano."

"Significa che sarai tu l'unica fonte di cui avrò bisogno."

"Non avrai bisogno neanche di me," le rispose lui. "Ma non mi dispiace se mi mordi di nuovo." Gli occhi verdi gli si illuminarono di un sottile calore, quanto bastava per scongelare i tratti più freddi del viso e lasciarle intravedere il maschio virile sotto l'apparenza stoica.

Poteva anche percepire l'interesse che cresceva a quella proposta. Se Clara avesse guardato in basso, avrebbe anche potuto vederlo. Invece, mantenne lo sguardo alto e sorrise. "Accetto l'invito. E grazie per la lezione."

A Gabriel si incurvarono le labbra per la malizia di lei. Poi le appiattì e si dedicò a finire il pasto.

Mangiarono in un silenzio di compagnia, finché il telefono di lui non cominciò a suonare dall'altra stanza. Gabriel sospirò e si allontanò dal tavolo, con le piume rosse che spuntarono in uno splendido turbinio prima di scomparire alla vista.

Lei ne afferrò una che gli era caduta e si meravigliò della consistenza morbida. Le ricordava la seta, ma i bordi ronzavano di elettricità.

Gabriel tornò con il telefono all'orecchio. "Sì," e non aggiunse altro, mentre un tono maschile conversava dall'altra parte. Clara non riuscì a distinguere le parole, ma riconobbe il timbro profondo di Ezekiel. "Avevo un altro impegno."

Clara alzò un sopracciglio per il tono freddo.

"I miei impegni sono personali," continuò Gabriel, mentre stringeva leggermente la mascella per le parole pronunciate. Tuttavia, la voce gli rimase piatta quando aggiunse: "Arriverò quando ne avrò voglia." Poi chiuse la telefonata e gettò il telefono sul tavolo.

Clara mise da parte la piuma e raccolse i piatti. "Pulisco io."

Lui le rimase in silenzio alle spalle, mentre lei lavava i piatti. Quando si voltò, lo sorprese a fissarle il sedere. Le labbra di Clara si arricciarono in risposta e lui le lanciò un'occhiata impassibile.

"Preferirei scoparti di nuovo, piuttosto che andare in Islanda." La voce di lui era ancora priva di emozioni, ma le narici si dilatavano per l'affermazione e la sua aura irradiava intenzioni sessuali. Tuttavia, sotto tutto ciò si celava una punta di frustrazione. L'idea del sesso prima del dovere lo infastidiva.

"Cosa c'è in Islanda?" gli chiese lei. Immaginò che riguardasse Ezekiel, in qualche modo. Lui non aveva l'abitudine di farle dichiarazioni senza senso, quindi l'Islanda aveva ovviamente una certa importanza.

"Ezekiel e Skye hanno una casa lì. Si aspettano presto l'arrivo di Lizzie e gli altri e hanno bisogno di me per aiutare a sorvegliare la proprietà e proteggerla."

Clara alzò le sopracciglia. "Allora perché sei ancora qui? È più importante che guardarmi pulire." Non era affatto quello che intendeva, ma era arrossita abbastanza nelle ultime ventiquattro ore.

La franchezza di Gabriel era diversa da qualsiasi altra cosa avesse mai sperimentato. Le piaceva il cambio di ritmo, perché lui non lasciava nulla al caso. Intendeva quello che diceva e le sue azioni continuavano a dimostrarlo.

"Vieni con me?" le domandò.

Clara rimase sorpresa dalla preoccupazione che lui irradiava.

Gabriel si mise una mano dietro il collo e fece una piccola smorfia. "Preferirei vederti vicino a me e non in una cella degli Hydraiani."

"Lo preferirei anche io," ammise lei con un tono di voce più rauco di quanto avrebbe voluto. "Che cosa diremo agli altri?"

"Niente," ribatté lui con un'alzata di spalle. "Quello che sta succedendo tra di noi non ha nessun effetto su di loro."

"Ci chiederanno come mai sono con te invece di essere a Hydria.""Gli dirò che non mi piaceva la tua sistemazione, quindi ti ho tolta dalla cella. Se per loro è un problema, possono sfidarmi e perdere." Sembrava così sicuro della sua decisione.

"Luc non ne sarà felice."

"Luc non è il mio re," ribatté Gabriel. "Verrai con me."

Quella volta non era una domanda, ma una richiesta. Una richiesta che le fece incurvare le labbra. Le piaceva il Gabriel autoritario. Gli dava un tocco sexy che non faceva che aumentare il suo fascino. Almeno per lei. Era un vantaggio, visto che ormai erano legati per sempre l'uno all'altra.

Clara non avrebbe mai fatto sesso con nessun altro.

Era una consapevolezza strana, che tuttavia non la preoccupava. Il suo senso di empatia rendeva comunque difficile portarsi a letto gli altri. Doveva sempre ignorare le ragioni che li spingevano a essere lì.

Con Gabriel si trattava di pura lussuria.

Poteva sopportarlo.

Così come non le dispiaceva andare con lui, in quel momento. "Avrò bisogno di qualcosa di più caldo per l'Islanda."

Lui annuì e scomparve in un vortice di piume rosse. Lei ridacchiò sottovoce e tornò a pulire la cucina. Quando finì, lui non era ancora tornato, così si fece una tanto desiderata doccia usando i pochi prodotti che c'erano a disposizione. Dopo aver trovato un pettine in un cassetto per districarsi i capelli, si avvolse in un asciugamano e si sedette sul letto.

Trenta minuti dopo, lui finalmente riapparve, con quattro borse della spesa tra le mani. Le lasciò cadere sul pavimento, con un'espressione confusa di disappunto. "Le donne hanno troppe taglie," disse prima di entrare nella cabina armadio.

Lei si morse il labbro per non sorridere a quell'osservazione infelice, poi passò in rassegna gli indumenti che Gabriel aveva apparentemente acquistato per lei.

Jeans.

Maglioni.

Stivali.

Persino una giacca.

Ma niente biancheria intima.

O l'aveva fatto apposta, o non aveva voluto nemmeno provare a passare per la zona della lingerie. In ogni caso, Clara si arrangiò con un paio di jeans attillati, stivali di mezza taglia in più e un maglione che le stringeva sul petto senza reggiseno, dettaglio che lui notò non appena uscì dalla cabina.

"Mi distrai," le mormorò.

"Non ho il reggiseno," gli rispose lei.

Le studiò il seno per qualche secondo, poi fece spallucce. "Accetterò questa distrazione."

Clara rise. "Ci avrei giurato."

"In questo modo sarà anche più facile spogliarti, più tardi. È un'idea pratica."

"Davvero pratica," concordò la ragazza.

Lui annuì, soddisfatto del suo assenso. "Andiamo in Islanda."

Lei si passò le dita tra i capelli umidi e gli tese la mano. "Sono pronta."

Gabriel sparì nell'altra stanza, probabilmente per recuperare il telefono, poi le apparve davanti premendole il petto contro il suo e schiacciandole la mano tra di loro. Clara sbatté le palpebre per la sorpresa, poi sussultò quando le catturò la bocca in un bacio lungo e sensuale. "Sei molto attraente, piccola strega," le sussurrò.

"Anche tu, angelo custode."

Gabriel premette la fronte su quella di lei. "Potrei aver bisogno del tuo aiuto per gestire le emozioni degli altri. Ho fatto fatica nel negozio, con tutti gli umani intorno."

"Il trucco consiste nel concentrarsi sulle emozioni di una persona e lasciare che prevalga sulle altre. Di solito trovo la persona più felice nella stanza e mi concentro sulla sua aura."

"Allora mi concentrerò su di te."

Clara si accigliò. "Di solito non sono la più felice."

"Non mi piace la felicità," rispose lui. "Ma... ti trovo sufficiente."

"Dovremo lavorare sui tuoi complimenti, Gabriel."

"Non mi piacciono i complimenti."

"Sì, questo è piuttosto chiaro."

Lui annuì. "Bene."

Lei scosse la testa, divertita da quella franchezza. Sfiorò ancora una volta le labbra di lui, poi lo abbracciò. "Andiamo."

Lui ricambiò l'abbraccio e le sue ali presero vita intorno a loro, appena prima che il mondo si trasformasse in un caleidoscopio di colori. Lei chiuse gli occhi, la vertigine la nauseava. Poi il fresco profumo del caffè le solleticò il naso.

"Immagino che fosse *questo* il tuo precedente impegno." Esordì Ezekiel, con la voce profonda e un pizzico di saccenza.

Gabriel liberò Clara con un gemito, poi scomparve e la lasciò al centro di una stanza con un divano e due sedie. Le finestre mostravano una notte buia, con la luna che irradiava dei mucchi di neve.

Islanda, pensò lei. *Non è male.*

"Ciao Clara," disse una voce soave mentre una donna dai capelli scuri scendeva le scale. "Mi chiamo Skye." I suoi occhi blu brillante mancavano di una certa limpidezza, quasi come se non li usasse davvero per vedere.

"Ciao," la salutò Clara, che aveva una vaga familiarità con la donna. Qualcosa a proposito della sua capacità di vedere il futuro. Tuttavia, l'ultima informazione che Clara aveva ricevuto era che Osiris la teneva ancora in custodia. La situazione doveva essere cambiata. A meno che Gabriel non l'avesse lasciata in mezzo a una gabbia di leoni.

Skye è libera dalla persuasione, le sussurrò nella mente l'angelo custode. *Ezekiel è innamorato di lei, ma lei non prova lo stesso.*

Sei sicuro? gli chiese Clara, che aveva notato il calore che circondava Skye. *Di certo emana vibrazioni amorose.*

Lo spiegherai meglio al mio ritorno.

Tu dove sei?

Sto creando delle rune.

Bene. Clara non aveva idea di cosa significasse, ma immaginò che fosse qualcosa legato alle protezioni di cui lui aveva parlato prima.

"Non dovresti essere in una cella della prigione Hydraiana?" le chiese Ezekiel, con le mani nelle tasche del caratteristico giubbotto di pelle.

"Non li ho traditi con Osiris," gli rispose Clara. "E Luc sa dove sono." O meglio, lo sapeva quando lei era a New York. Non era altrettanto sicura della posizione corrente.

"Gabriel," ripeté Ezekiel, arricciando le labbra. "Voi due sembrate piuttosto a vostro agio insieme."

Lei prese in prestito l'usuale comportamento di Gabriel e sollevò una spalla. "Ha bevuto un po' del mio sangue per prendere in prestito la mia empatia."

"Ah, sì?" Ezekiel inarcò un sopracciglio. "E cos'altro ha preso in prestito?"

Lei alzò di nuovo le spalle. "Dovrai chiederlo a lui."

"Mmh…" Gli occhi neri e dorati di Ezekiel danzarono su di lei. "Aspetterò di vedere come va a finire."

"Vedere come va a finire?" chiese una voce familiare sulla porta, mentre Balthazar entrava con una donna bionda al fianco. Quando vide Clara in soggiorno sgranò gli occhi. "Cosa ci fai tu qui?"

"L'ha portata Stark," rispose Ezekiel. "Poi è scomparso per lavorare sulle rune. O forse aveva un altro *impegno*."

Clara lo ignorò e cercò di svuotare la mente. Non funzionò. Bastava uno sguardo a B per capire che l'Hydraianio poteva vedere attraverso di lei. *Per favore, non farlo.*

"Perché Stark l'ha portata qui?" chiese

Balthazar, con lo sguardo color cioccolato su di lei, anche se la domanda era rivolta a Ezekiel.

"Non si è spiegato," gli rispose l'assassino.

"Lo fa raramente," aggiunse la donna accanto a B.

Un'altra Seraphim, pensò Clara, che aveva notato la mancanza di emozioni intorno a lei. Tuttavia, c'era qualcosa di seducente nei suoi capelli biondi, la pelle chiara e i bei occhi verdi. Avrebbe soltanto dovuto sbattere le ciglia e la metà degli uomini sarebbero caduti in ginocchio davanti a lei.

Clara guardò prima B, poi la donna, per poi tornare ancora su B. A proposito di coppie pericolose, l'energia sessuale che emanavano quei due era potente e inebriante.

Ma non ebbe nessun effetto su Clara.

Gabriel, realizzò. *È il mio legame con Gabriel.*

Balthazar alzò un sopracciglio che fece spalancare gli occhi di Clara. O*h, no. Per favore non dire niente.*

Su che cosa? chiese Gabriel.

Non tu. Parlo con B. Sono piuttosto sicura che anche lui sappia, penso mi legga le emozioni nella mente. Clara scosse la testa e cercò di parlare di nuovo con Balthazar, per pregarlo di non mandarla via.

Potrebbe non essere in grado di sentirti chiaramente, la informò Gabriel. *Non può capire Stas e Issac quando si parlano attraverso il legame, ma di sicuro lo percepirà.*

Pensavo che potesse sentire tutto.

Ora sei legata a un Seraphim. Consideralo un vantaggio.

Un vantaggio? Ripeté lei, mentre ci rifletteva sopra. *Quindi non può più leggere la mia mente?*

Più o meno, rispose Gabriel vagamente. *Basta che non gli dici niente. Ho espresso la mia irritazione con Issac per essersi legato a Stas e preferirei che le mie parole non mi venissero rinfacciate.*

Un momento, tu sei contro i legami? Non era sicura di come la pensasse.

Sono sacri e legano i due esseri per l'eternità. È un impegno piuttosto grande.

Oh, ma sembravi d'accordo con il nostro. Anche i suoi comportamenti l'avevano suggerito. A meno che nel frattempo non avesse cambiato idea…

Lo sono, Clara. Ma questo non significa che sarà così anche per gli altri.

Quelle parole la tranquillizzarono leggermente per poi essere interrotte da B, che si schiarì la gola. "Luc sa che sei qui?"

"Gabriel ha detto che lo sa, sì." *Hai detto a Luc che sono in Islanda con te?*

No, le rispose Gabriel. *Lo informerà Ezekiel, se lo riterrà importante. Immagino che gli abbia detto anche che eri a New York.*

Non lo avevi detto tu a Luc?

Io ho avvisato Ezekiel, chiarì Gabriel. *Ha passato lui il messaggio a Luc, così come ha ha fatto lui da tramite tra me e Luc.*

Che ha detto Luc?

In sintesi, non approvava, rispose Gabriel bruscamente.

Non me lo avevi detto.

Dato che non rispondo a lui, non ho ritenuto che fosse rilevante.

Lei sospirò. *Va bene, ma non voglio farlo arrabbiare.*

Non è con te che era arrabbiato, piccola strega, le assicurò il Seraphim. *Non ho paura del re di Hydra. Ora sei la mia compagna di legame. Non può toccarti.*

Clara rabbrividì per il tono possessivo di lui, poi si bloccò sotto lo sguardo severo di Balthazar. *Sì, B lo sa di sicuro.*

Non è affar suo condividerlo, ribatté Gabriel, in un tono che lasciava intendere la mancanza di preoccupazione. *Se lo farà, li ignoreremo tutti. È una cosa tra noi, Clara. Solo tra noi.*

Ok, gli sussurrò lei. *Solo noi.*

La donna scambiò uno sguardo con B, poi disse: "Vado a controllare Gabriel e le rune, poi torno da Jay e Liz." Intorno a lei apparve una nuvola di splendide piume viola e Clara sgranò ancora di più gli occhi.

Oh, caspita, ha delle ali bellissime.

Clara, anche tu un giorno le avrai, le rispose Gabriel con dolcezza. *Non vedo l'ora di vederle nel mio letto.*

Le guance della donna si arrossarono per l'intimità di quelle parole. *Non dovresti concentrarti sulle rune?*

Io eccello nel fare più cose insieme. L'arroganza, anche mentale, era tipica di Gabriel.

Sì, è vero, concordò lei.

"Cos'altro è stato detto a Luc?" Chiese B, riportandola a lui e al suo sguardo complice.

"Ehm…" Lei si schiarì la gola. "Io... non lo so."

"Capisco." B tirò fuori il telefono e compose il numero, gli occhi fissi su quelli di Clara per tutto il tempo. "Hai avuto notizie di Stark, ultimamente?" Aspettò e ascoltò che il re degli Hydraiani (Clara immaginò che si trattasse di Luc) rispondesse. "Quindi Mateo l'ha visto." Balthazar annuì a qualsiasi cosa Luc avesse detto in risposta. "Stai venendo qui?" Il suono di una voce profonda e baritonale rimbombò sulla linea, e fece sì che B annuisse ancora una volta. "A presto."

Riattaccò, con gli occhi ancora incollati su Clara.

Poi spostò l'attenzione su Ezekiel e Skye. "Dobbiamo parlare."

Clara lo prese come il segno che fosse fuori dai guai. Per il momento, almeno.

"Dobbiamo sempre parlare," ribatté Ezekiel, poi crollò sul divano. Skye si sistemò accanto a lui, con gli occhi blu ancora sfocati.

"Di Osiris," rispose B. "In particolare, del suo passato con il Consiglio e di quali siano le sue intenzioni ora."

"Presumi che io lo sappia?" gli chiese Ezekiel con un sopracciglio nero alzato fino all'attaccatura dei capelli altrettanto scuri.

"So che lo sai." B incrociò le braccia al petto. "Inizia a parlare."

Ezekiel si limitò a sorridere. "Beh, una volta..."

La serie della Maledizione degli Immortali continua con *Legami Malvagi*

———

Avete voglia di altri angeli? Scoprite Eve *in* Figlia della morte. *È stata accusata di un omicidio che non ha commesso e deve collaborare con il suo sadico ex per dimostrare la propria innocenza. Un altro giorno qualunque in paradiso... o all'inferno.*

A presto. xx

LEGAMI MALVAGI

Benvenuti nel mondo della Maledizione degli Immortali, dove angeli e vampiri esistono in segreto… per il momento.

Una storia appassionante e bollente.

Dimenticata e sepolta.

Perché quello che succede in Brasile, rimane in Brasile.

O almeno quello era il piano, fino a quando Balthazar ha cominciato a ricordare tutto. Ora sta costringendo Leela a pagare il prezzo più caro: dovrà *implorarlo* in ginocchio.

Ogni caldo tocco le accende l'animo. Ogni sguardo

ardente le fa stringere le cosce. E come se non bastasse, Leela sa che non può sfuggirgli.

Stanno scappando da un'orda di angeli guerrieri, proteggono un'innocente da un destino peggiore della morte.

L'Alto Consiglio di Seraph ha emesso un editto.

Obbedisci o muori.

Solo i fedeli sopravviveranno.

La scrittrice di Bestseller per *USA Today* Lexi C. Foss è un'autrice persa nel mondo della tecnologia. Vive ad Chapel Hill, in North Carolina, con suo marito e i loro figli pelosi. Quando non scrive è impegnata a mettere crocette sulla lista dei posti che vuole visitare. Nella sua scrittura si ritrovano molti dei luoghi in cui è stata, tra cui il mitico mondo di Hydria, basata su Hydra, nelle isole greche. È eccentrica, consuma troppo caffè e ama nuotare.

www.LexiCFoss.com
https://www.facebook.com/LexiCFoss
https://www.twitter.com/LexiCFoss

I Libri di Lexi C. Foss

Serie della Maledizione degli Immortali

Le Leggi del Sangue

Legami Proibiti

Cuore di Sangue

Legami di Sangue

Legami Angelici

Cercatore di Sangue

Fardello di Sangue

Legami Malvagi

Re di Sangue

Alleanza di Sangue

La Vergine di Sangue

Sangue Reale

Il Morso dell'Alfa

Anime Ribelli

Il re vampiro

Un morso crudele

Dark Provenance

La figlia della morte

Il figlio del Caos

Reject Island

Carnage Island: Artigli Crudeli & Morsi Proibiti